Henri AYMARD

OLGA

ET AUTRES VOIES

Les Presses du Midi

Du même auteur aux éditions Les Presses du Midi :

Dans la collection :
« Planètes, compagnes sombres des soleils »

« Dans la nuit sans adieu vers le jour »

« Hurler avec les loups - Chanter avec les anges »

« Le froid est maître de la rue »

« Les granges flambent sous la pluie »

* * *

« À ma belle Niçoise »

« Pauvres de nous et de tant d'autres »

Impression PDM

121, avenue d'Orient - 83100 Toulon
Tel. : 04.94.16.90.20 - Fax : 04.94.16.90.29
Dépôt légal décembre 2003
ISBN : 2-87867-526-6

Sur ces entre-fêtes, l'horrible Li-Masson apparaît de nouveau. Il montre sa superbe habituelle. C'est qu'il jouit en permanence de plusieurs avantages. D'abord, il habite Paris et il en est parfaitement conscient. Certes, son cœur appartient à toutes les ethnies lointaines que leur misère fait connaître mais c'est de Paris que le destin lui commande cette sympathie. Il s'incline donc.

Ensuite, il est blanc. Cette autre qualité ne lui apporte aucun mérite supplémentaire et il en est parfaitement conscient. Il constate simplement que c'est encore avec plus d'efficacité qu'il peut ainsi défendre la cause des hommes de couleur. L'innocence que lui procure son antiracisme affiché justifie sa blancheur d'origine. Il s'incline aussi. Il s'incline d'autant plus qu'il a le bonheur d'être grand. Il est par conséquent contraint de se pencher sur la plupart des gens. Il le fait avec la courtoisie du cavalier qui parle volontiers de tout au piéton de rencontre sauf, naturellement, de chevaux et de chevalerie. Dernier privilège, enfin. Ce grand blanc sympathique travaille sur la rive gauche. Il y est chargé de trier le bon du mauvais dans ce que d'autres écrivent. Il ne dit pas « mauvais » du reste, mais « chaotique ».

De ce genre de personnage, je n'aurais donc jamais rien évoqué si ce trouble-fête n'avait pas pris une importance parmi nous. Il vient pour Olga.

C'est une des nôtres et sa maîtresse. J'admire cette fille. Elle sait toujours ce qu'il faut faire.

Avec l'infect Li-Masson, Olga s'arrange donc très bien. Elle le charme et le bouscule, le comble et le secoue. Il ne semble pas trouver ces cahots-là détestables.

Ce qui m'irrite dans cet homme, c'est sa manière à notre égard. Croyant bien faire, il s'y prend mal. La banlieue lui est-elle si étrange qu'il nous y traite en étrangers ? Certes, à ce seul titre, nous serions déjà assurés de sa sympathie d'office mais trop de respect l'égare. La Courneuve n'est pas vraiment Ouagadougou. Malgré tout son amour envers les plus pauvres que lui d'esprit et d'espérance, l'infâme Li-Masson montre des maladresses.

Ce voisin venu nous saluer fraternellement en prochain, ce qui lui donne une distance, sait pourtant plaire à la plupart tout en restant très simple. Sa gourmette s'agite joyeusement lorsqu'il nous serre la main avec chaleur. La veste d'ouvrier qu'il porte est aussi bien coupée que celles des intellectuels qui parlent d'art la nuit à la télévision. Ses lèvres minces sourient largement. Il est heureux de se trouver parmi nous et satisfait qu'on le sache.

La première fois qu'Olga nous a parlé de lui, elle a d'abord cité son prénom : Jean-Hervé.

« Jean-Hervé ? s'est exclamé quelqu'un, mais c'est un prénom fasciste, ça ! »

La réaction ne s'est pas fait attendre. « À bas le fascisme » ! « A mort, les dictateurs » ! « Vive la paix » ! « Vivent les travailleurs » ! « Adhérez » !

Dans le concert de nos voix indignées, un puissant organe s'est fait entendre : « La France, c'est de la merde ! »

C'était M'Bo, notre étudiant africain qui profitait de l'occasion pour rappeler son point de vue.

Il a le droit. Ses aïeuls ont souffert de la France et pour elle. L'un d'eux est tombé à Verdun au milieu des Gaulois.

Les autres ont été humiliés autrement. Il ne faut pas que ces souffrances et ces humiliations restent vaines. M'Bo l'a compris. Il honore donc ses martyrs en les utilisant. C'est un devoir pour lui de se faire un droit de tout. Cette créance sur la France, il l'exige partout et tout le temps. Il l'exige à haute voix et, comme il l'a basse, c'est le cas de dire qu'il la réclame sur tous les tons. Il la revendique par écrit, demandant bourses, prêts, chambres, aides de toutes sortes, allégements et exemptions. Il la réclame du regard dans le métro et au café, du poing parfois quand il le faut et toujours dans sa façon de se coiffer et de s'habiller, en ville comme à la faculté. M'Bo est une revendication vivante et triomphante. En lui, dans son hérissement, dans cette écorchure qu'il montre et peut-être entretient pour qu'on ait peur de l'agrandir, vibrent et surgissent des valeurs souvent niées par des colons indifférents et souvent reniées par des victimes intéressées.

J'ai bien vu que cet accueil ne faisait pas l'affaire d'Olga. Elle tenait à son succès. Pour la première fois, un intellectuel s'intéressait à elle, un habitant de Paris traversait pour elle la Seine et des banlieues, un homme de quarante ans, peut-être même plus, distingué et à la mode, recherchait la fraîcheur de ses formes. Elle est belle et jeune, Olga, et toutes ces nouveautés troublaient sa vanité.

Dans ces cas, il n'y a plus de parti qui tienne.

Tout ce qui avait pour but de constituer la pensée d'Olga, sa règle de vie, réprouvait cette liaison avec un bourgeois. Oui, mais cette fille voulait cet homme et elle était fière de l'avoir. Je comprenais le chagrin que notre réaction allait lui apporter. Pour faire diversion, quelqu'un demanda donc comment ce monsieur s'appelait de son nom de famille.

Olga hésita. On pressentit le pire. Il arriva : « Li-Masson », dit-elle en riant jaune. Un silence suivit cet aveu misérable. Il me sembla entendre le travail de compréhension grincer ou ronronner, selon le cas et l'injustice naturelle, en chacun de nous qui sommes tous des travailleurs mais non tous des égaux. J'envisageais une seconde intervention quand un autre des présents, plus rapide, interrompit le silence. C'était Bachir, que j'ai toujours soupçonné d'être un faux naïf. Il demanda naïvement : « Li maçon di chantier? ». Jamais, naturellement, cet Algérien né dans le vingtième ne s'exprime de cette façon. Quand il parle, on croirait écouter Maurice Chevalier. Bachir ignore ce langage même lorsqu'il est violemment ému. Et bouleversé, jaloux et malheureux, ce garçon devait l'être car je crois qu'il aime Olga en secret autant qu'il la convoite ouvertement.

Son espoir de ravaler à un rang modeste qu'il connaissait bien un rival plus chanceux disparut tout de suite. Marie-Rose, qui ne déteste pas Bachir, eut cette cruauté pour l'amour de la vérité qu'elle distingue généralement mal :

- Meunon, cheuri ! Meunon ! Pas le maçon ! Limaçon ! comme escargot, la bête !

Olga rougit, eut un sursaut comme si cet animal visqueux montait entre ses seins :

- Ah ! non ! Ah ! non ! pas ça !

Puis, elle donna des explications, cherchant à se justifier avec une emphase qui me parut sans raison :

- D'abord, ça s'écrit en deux mots ! Avec Li, sans le T, ajouta-t-elle, et plus loin, Masson, avec deux S, alors !

Personne ne répondit. Je trouvais ce nom bien chinois tout de même. L'intérêt qu'il avait éveillé tomba. C'est une chose qui arrive souvent dans notre groupe. Chacun retourna au pays de ses pensées par les sentiers de l'intérieur.

Renate, par exemple. Elle se tenait devant moi. En voici une qui fait beaucoup de chemin bien qu'elle n'avance pas. Je ne crois pas que les problèmes personnels forment des cercles parfaits autour de leurs victimes. Ce serait trop décourageant de voir en eux cette qualité sans espoir. Pourtant, Renate paraît bien enfermée dans le sien comme dans les anneaux du boa constrictor.

Je la regardais. Elle avait repris son air soucieux malgré ses yeux qui rient en permanence. Son front avait retrouvé une ride, ses lèvres remuaient. On aurait encore cru qu'elle disait des phrases mais on n'entendait toujours rien. C'est le problème de Renate. Elle s'aperçut que je l'observais. Je lui demandai :

- Alors, et cette fois ?

Elle haussa les épaules, la bouche lasse, le regard sottement pétillant comme la nature le lui a fait :

- Rien, pareil que d'habitude, laissa-t-elle tomber avec ce magnifique accent de la Parigote qu'elle n'est vraiment pas.

J'éprouvai une tristesse, comme d'habitude en effet. Renate baissa les yeux. Son beau visage régulier, réfléchi, montra alors son âme véritable. Puis, elle s'éloigna, droite et menue. Ce petit bout de femme d'un mètre cinquante sans talon est une jeune fille extrêmement pudique.

Les autres s'en allèrent aussi. Je restais seule avec Olga. Précieux moment d'intensité. Olga, pour moi, c'est toute la matière. Cette présence, cette splendeur m'éblouissent. Si je devais un jour aimer une divinité, ce sont d'abord les genoux d'Olga que j'adorerais sans doute. Ces rotules exercent sur moi une fascination, principalement dans le métro. Les regarder me transporte, moyen bien agréable quoique second de voyager dans des voitures bourrées de corps et surchargées d'odeurs.

Lorsque nous allons à Paris ensemble, je m'installe toujours en face d'Olga. Les banlieues offrent la garantie de sièges libres dans les métros en bout de ligne. Je prends donc place devant Olga, mes propres jambes repliées pour laisser aux siennes l'espace nécessaire, toute la scène. Et je fais comme ceux qui nous entourent. Je regarde et je rêve.

Les yeux fixés sur les murs du tunnel où passent des ampoules, Olga montre ses jambes avec une abondance égale à son détachement. C'est charmant. Et curieux aussi. Je l'ai déjà constaté dans d'autres circonstances. Bien qu'ils soient beaucoup plus nombreux que les gens qui habitent Paris, les banlieusards montrent des réactions de minoritaires. Comme les petits groupes, ils choisissent des attitudes pour aller au-devant de jugements qu'ils imaginent défavorables. Olga, lointaine en apparence, les genoux bien découverts, bien séparés aussi, pense ceci sans doute : « Oui, M'sieur, regardez bien, c'est des genoux de la banlieue, c'est des jambes de la Courneuve. Vous les trouvez si moches ? »

Personne ne répond. La question semble se faire plus insistante, le spectacle plus offert, à mesure que nous entrons dans Paris. C'est des rues de Paris, de ses maisons que viennent maintenant les hommes qui se dressent et tanguent autour d'Olga, le visage vers elle comme des héliotropres. Et la réponse de Paris est alors unanime : « Non, disent-ils des yeux, d'un sourire ou d'un mot en partant, non, ce n'est pas si moche, la banlieue. Ce n'est même pas moche du tout, cette chair lisse d'où naît un glissement vers les suavités. Cette vie. Cette proximité ». Je dirais plus simplement, moi : cette matière.

Quand tous les voyageurs debout ont la tête tournée, je regarde Olga, soleil de ces tunnels. Est-ce pour elle une victoire ? Une consolation ? Le simple et mince sourire qu'elle montre semble indiquer qu'il ne s'agit que d'un jeu. Elle a raison. Il ne faut pas cacher ce qu'on a de joliment regardable, ni faire de ce geste courtois entre contemporains autre chose qu'un signe au passage, le signe d'un passage.

Olga a d'autres ambitions. Bien qu'elles appartiennent au même monde de la chair, elles planent beaucoup plus haut. Je ne peux pas mieux dire car ce qui préoccupe cette fille amoureuse de l'amour et de l'aviation a quelque chose d'aérien, peut-être même d'héroïque.

Beaux et tentants comme chacun peut les voir, les genoux de ma copine comptent encore davantage pour moi. S'ils m'enchantent, c'est qu'ils prennent une autre réalité.

Ils sont comme l'univers lui-même, volumes massifs et mobiles, sphères qui tournent sur elles-mêmes et dont on peut faire le tour. Galaxies ou simples satellites ? Je l'ignore. Peu importe l'échelle, d'ailleurs. Le délire dans lequel me propulse leur force d'attraction est d'un élan qui passe la mesure. De ces genoux luisants, compacts et si féminins, s'élèvent des musiques que je peux suivre du regard. Puissantes et souples, ces symphonies montent comme des nefs poussées par des colonnes d'eau. Elles m'indiquent qu'il y a dans l'univers une célébration.

Fête immense, en effet, où je vois accourir de toutes les parties des mondes, dans le même plaisir et avec la même fièvre, toutes les créatures, tous les adorateurs. Leurs vaisseaux innombrables font frissonner l'espace. Ils décollent, vibrent, vrombissent, passent en trombe, éclatent en bouquets auprès des seins d'Olga, comme les voltiges des patrouilles dans les meetings d'aviation. Quels tremblements dans l'univers ! Des cœurs, des moteurs partout, des fusées et des fibres, de l'énergie ! Oui, il y a fête. Il y a chair et joie. Il y a la matière.

Qui peut-on célébrer dans l'univers infini que ferment ces genoux ? Peut-être la naissance ou le couronnement de cette petite princesse égyptienne dont Mini-Vizir, notre espèce de mage, s'est fait l'inventeur à l'insu des savants. L'idée me plaît. Il y a dans cette jeune morte qui n'a jamais vécu un esprit qu'il est doux de pouvoir évoquer à propos de la physique, très physique Olga.

Ils chantent tous. Je les entends. Ils chantent comme des nautoniers qui ont trouvé leur port ou comme des atomes dans l'équilibre de leur jeu. C'est donc partout et toujours la matière, si changeantes que soient nos peines, si parfaits nos problèmes, si loin de nous encore le silence et la paix.

- Hé, je suis là... !

La voix d'Olga. Je l'avais oubliée, d'une réalité à l'autre. Voix grave, ton chaleureux. Mais une inquiétude :

- Dis, Van-Van, tu crois qu'elle l'a fait exprès, Marie-Rose, de parler d'escargot ?

Pour rire, j'ai imité la coupable : « Meunon ! » Nous avons éclaté.

Je me suis mise à marcher. Olga m'a rattrapée. Son bras a pris ma taille, en banlieusardes que nous sommes :

- Qu'est-ce que tu es mince, toi !

C'est son refrain. Jamais je n'ai pu lui faire admettre que j'étais vraiment maigre. J'ai pourtant essayé. Je lui disais, au début : « Je crois que j'ai encore maigri, ça va mal ! » C'était la vérité. Peines perdues. Après un coup d'œil complet et prolongé, Olga me répondait : « Tu es folle ! Tu es mince, c'est tout. Exactement comme il faut ». Et elle ajoutait : « Ce n'est pas comme moi ! » pour me faire oublier la plénitude de ses formes que je trouve parfaites.

Sa poitrine, par exemple, est le modèle du genre. À la voir ronde et haute, on en devine la fermeté et la douceur. C'est la poitrine la mieux faite pour accueillir les marins, les enfants et les petits oiseaux qui font du vol sur place. Ma mère devait avoir ce genre de seins qui savent recevoir aussi les perles et les roses. Elle était longue, longue, et si jeune, cette drôle de mère avec ses grandes mains, ses grands pieds et aussi son grand cœur trop sensible. Il paraît qu'elle s'évanouissait à tout bout de champ. Déjà, à la vue de mon père, elle avait failli mourir d'émotion. Elle le fit complètement quelques mois plus tard. Quand elle vit qu'on allait me sortir d'elle avec un fer, son cœur ne résista pas à son indignation. Manière indirecte, immédiate pourtant, de mourir de saisissement. Déjà à cette époque, je ne savais pas entrer dans la vie, comme on doit se présenter devant la réalité. Je lui tournais le dos.

- Il te plaît tellement ?

D'habitude, j'évite les questions personnelles ou que je crois stupides mais je n'avais pas trouvé mieux, cette fois, pour changer de pensées. Olga ne remarqua que l'inutilité de mes paroles :

- Mais vi, cette question !

- Non ! Non ! Je voulais dire : comment vas-tu t'organiser ?

- Pour qu'on se retrouve, tu veux dire ?

- Vi.

- Hé ben… il viendra !

- Jusqu'ici ?

- Mais vi ! Tu m'écoutes ou quoi ?

J'ai alors essayé d'émettre un long sifflement capable de paraître exprimer plusieurs choses tout en cachant que je n'avais rien à répondre. En vain. Je ne sais pas siffler. Je n'ai pas l'art de Marine Nacion qui siffle pratiquement tout ce qu'elle veut, avec ou sans les doigts. Cette fille a même appris, on se demande comment puisqu'on ne voit plus de matelots dans les rues, les sifflets qui accompagnent les manœuvres sur les bateaux de guerre. Cette Marine est donc un as. Elle est aussi un peu timbrée. Une grâce, peut-être française, a débarrassé cette petite-fille d'immigrés catalans de ce qu'il y a de funèbre dans l'âme, dans la viande espagnole mais un grain lui est resté. Elle attend un mari. Elle attend un nom de mari. Et en l'attendant, elle siffle, comme dans la Royale où son père a servi jusqu'au bout et jusqu'au fond.

- Tu sais, toi, que tu es mignonne avec des joues plus rondes ?

Olga continua :

- Il faudra bien qu'il vienne, s'il veut vraiment me voir.

- Mais c'est si moche, ici !

- Mais moi, non ! On verra si ce qu'il dit, il le pense vraiment. C'est ici qu'on le verra, pas ailleurs.

- Ce qu'il dit ?

- Et il en dit, des choses ! Sans arrêt ! Et bien, naturellement !

- D'amour ?

- Vi !

- Et… ?

- Vi, je te dis.

Il est venu. On l'a vu. Pour moi, j'ai vu surtout que je ne pouvais pas le voir. Je hais ce genre d'homme. Je devrais plutôt dire : ce genre de personnage car ce n'est pas le mâle qui me déplaît le plus dans cet insupportable Li-Masson. Physiquement, il est de grande taille, en effet, et assez mince. Il m'irait plutôt bien. Ses cheveux châtains qui commencent à être clairsemés lui assurent une distinction supplémentaire. Quant à l'arête de son nez, elle donne à son visage un air précis et une détermination que je ne peux pas désapprouver.

Ce n'est donc pas cet homme de chair en pleine force qui me paraît odieux. Ce n'est pas non plus que ce poids de muscles et de viscères remue sur Olga ni que cet écrasement lui apporte des joies plutôt qu'une souffrance et un orgueil à la place de honte. Il faut être honnête, Olga adore se livrer aux plaisirs de l'amour. Elle le dit plus brièvement. Cette gymnastique parfois acrobatique, souvent éreintante, n'a jamais estropié personne. Voilà pour la « souffrance ». Pourquoi en ai-je parlé ?

Et pourquoi le mot « honte » ? Où est le crime si une fille libre, sans instruction mais non sans cœur, choisit d'apporter avec tout l'art dont elle est capable le bonheur à un homme lui-même disponible et expérimenté qui saura le lui rendre ? Nulle part sinon en moi où le place mon idée d'en parler sans raison.

C'est grave. Il va falloir que je fasse attention. Ce redoutable Li-Masson aveuglerait mon jugement. Erreur à éviter car si je devais commettre une injustice, je perdrais ce qui reste de ma propre estime. Je ne peux pas me le permettre. Donc, vigilance. Pas de colère, Van-Van. Pas de dépit. Et encore moins de jalousie ! Mets-toi plutôt à l'épreuve tout de suite. Exerce-toi au détachement en contemplant d'emblée le pire, c'est-à-dire le réel qui arrive.

Ils font l'amour ? Vi ! Et beaucoup ! Et bien ! Et même salement, tu peux l'imaginer ! C'est d'ailleurs comme ça qu'il faut le faire, si on prétend tirer toutes les voluptés de tous ces gestes. Et ils veulent, je veux ! Elle sait si bien tout faire, tout inventer, Olga ! Rien ne l'intimide, rien ne l'embarrasse. Tout l'allèche, au contraire ! Toutes les nouveautés ! Tous les défis ! Les dernières audaces ! Et elle veut tant le démontrer !

Et elle le prouve ! Spécialement pour lui, pour le plus grand plaisir de ce Li-Masson auquel tu donnes toi-même les épithètes les moins agréables. Bienheureux Li-Masson, parfaitement inconscient de tes injures et qui jouit de toutes les caresses d'Olga ! Éblouissante Olga dans la nuit de l'amour ! Sous l'ampoule ! Sous l'édredon ! Par terre, sur le tapis qui glisse ! Ils glissent avec lui, inséparables ! Près de la porte, ensuite ! Puis, encore sur le lit, d'un coup de rein commun, toujours collés ! En rond ! En angle droit ! De biais ! De face, par hasard ! Ce n'est plus la tendresse que tu disais, Van-Van ! Plus du cœur, ça ! C'est de la performance ! Du meeting ! De la voltige ! De l'exploit inouï !

Oh ! Qu'elle est forte et capable, Olga ! Et vaillante ! Increvable ! Elle plane ! Et ronronne ! Ou rugit ! Traverse des nuages ! L'édredon ! Quel héros ! Quel as ! Vers quels records ! Une pute ! Une très grande pute ! Comme elle t'aimerait !

Ils font l'amour ? Meunon ! Regarde mieux ! Vois donc les choses en face ! C'est elle, c'est Olga, suante et nue, qui fait à ce rampant, qui sent et sue autant, toutes sortes de choses directes ou savantes, toutes efficaces ! C'est elle qui les décide et les exécute avec application, du zèle ! Tout vient d'elle. Elle lui fait l'amour. La preuve ? Ses yeux, regarde ! brillent des plaisirs, des cadences, des efforts qu'elle impose. Et son fameux sourire, celui qu'elle t'adresse – et qui te gêne ! semble oublié par ses lèvres occupées autrement !

Meunon ! Regarde encore mieux ! Tu voulais te faire des illusions ! Sois donc réaliste ! Tu vois bien que c'est lui, au contraire, qui la force à subir, le visage dans les cheveux, les trucs les plus osés. Tu le reconnais ? Tu as compris ? Tu ne veux pas d'autres précisions ?

On arrête l'épreuve ? Tu l'as bien supportée, dis-tu ? Soit, je veux te croire, honnête et lucide Van-Van. Fais bien attention à toi, tout de même. Prends bien soin de ton propre respect. Il ne t'en reste guère plus que le poids d'un bébé.

Donc, je ne suis pas jalouse. Jalouse de qui ? D'un escargot qu'on roule et qu'on déroule et qui finit aussi baveux qu'un autre ? Van-Van, les mots t'emportent ! Il faut t'en méfier. Tu l'avais décidé, d'ailleurs. Si j'écris un jour, disais-tu, ce sera en atténuant tout, à la britannique, en souvenir de ta mère. Tu lui dois aussi cet effort, ce glissement. Elle a si vite glissé elle-même dans la vie !

Ne le fais donc plus. Non, je ne le ferai plus. Mais je ne peux pas laisser dire que je serais jalouse. On ne l'est pas de ce qu'on peut avoir. Or, qui ne pourrais-je pas avoir, après tout, si j'essayais de m'en donner la peine ? L'infect lui-même ne me rejetterait peut-être pas si je me proposais de la façon qu'il faut. Cette façon, je crois la deviner. Avec ce type de personnage, c'est en effet la tête qu'il faut d'abord atteindre.

Quand il jouit des beaux seins d'Olga, de la longueur enveloppante de ses jambes, du carré ferme de ses fesses, de sa bouche toujours luisante, du regard échauffant qu'il voit dans ses doux yeux de blonde, il est forcé de croire à toute cette chair qui l'envahit de partout. Trop de matière lui fait perdre la tête.

Il oublie alors que c'est justement l'esprit qui intervient le premier chez lui. Cet homme est un cérébral. L'idée qu'il se fait d'une chose donne à cette chose une substance qui, à son tour, lui restitue un goût. Ainsi jouissent les intellectuels.

Visant l'imagination du lubrique Li-Masson, je le toucherais donc sans doute plus vite et plus complètement que n'y parvient le feu roulant dont le bombardent tous les appas d'Olga. Ces formes et ces charmes ne sont pas les miens mais j'ai plus d'esprit qu'elle. Je sais qu'un cérébral ne résiste pas aux emportements des annonciations. Ce qui lui donne l'ivresse la plus haute, ce n'est pas le spectacle complet, parvenu à son terme, d'une superbe cuisse nue. Ce n'est pas cette plénitude ni cet achèvement mais la pensée troublante qu'une longueur de chair va se dénuder devant lui, qu'une intention de volupté va la faire sortir de ses linges pour lui seul, avec la cruelle, la délicieuse lenteur qu'il mérite et espère. Je le sais. Et je crois que je pourrais le faire, bien que ma cuisse ne soit pas aussi pleine ni aussi superbe que celle que j'évoque.

Mais je m'en dispenserai. Je ne veux pas d'un succès sans mérite. Tout suffisant qu'il soit, Li-Masson montre une dépendance. Il est demandeur de fille, puisqu'il recherche Olga. Il se place donc devant chacune, devant moi, en situation de faiblesse. L'idée d'en profiter manquerait d'élégance. J'ai d'autres ambitions à son sujet. Elles exigent plus d'art qu'un croisement de jambes ou des effets de buste. C'est dans toute sa puissance que je veux rencontrer un Li-Masson redevenu redoutable dès qu'il retrouve l'exercice de son métier, son terrible pouvoir de dire non.

Mohand me dirait-il oui ? C'est un Nord-Africain. Il vit seul et me trouve sympathique. Comment envisager l'échec ? Pourtant, je me sens obligée de poser cette question car le secret de cette créature humaine m'échappe entièrement. Qui est-il ? Que pense-t-il ? Que veut-il vraiment ? Une femme ? Un garçon ? Ou Dieu sait quoi ? Est-ce lui, ce qui ne répondrait pas à toutes les questions, qui écrit en noir sur les murs blancs du métro : « Berbères vivront ? »

Qu'il vive, je le souhaite ! Longtemps et à sa guise, ici ou là ! Mais qui il est, je voudrais bien le savoir. Plus je regarde le visage de Mohand, plus j'ai le sentiment de m'égarer dans le mystère d'un paysage de tableau, dans ces lointains bleuâtres dont ses yeux ont la teinte et ses regards la poésie.

Beau visage rustique et fort. Pommettes, nez, menton : du caractère. Et dans cette énergie, ce flou bleuté, bizarre, qu'il pose comme un voile sur les choses et les gens qui semblent s'y dissoudre.

Comment croire que ce rouquin au regard si clair soit arabe ? Ah ! C'est vrai ! Dieu sait que ce kabyle ne l'est pas !

Mais comment admettre alors qu'il appartienne à l'Afrique du Nord, même lorsqu'il décrit son pays comme si on y était ? Mohand me parle de ses montagnes avec précision et pourtant comme en rêve et un songe m'emporte. Il me dit les longs plis parallèles des crêtes aériennes de grande Kabylie sur lesquelles se suivent les villages aux toits de tuiles rouges. Les pentes raides où poussent les figuiers, les prairies et des fleurs. Le printemps de Kabylie où courent dans les herbes les ruisseaux et les écoliers. Le ciel de Kabylie qui semble plus proche qu'ailleurs mais dans lequel finit pourtant par disparaître le tournoiement des hautains jean-le-blanc.

Que c'est beau ! C'est à moi que le cri échappe. Mohand se contente de sourire. C'est un homme du monde. Il reconnaît simplement : « C'est plus grand qu'ici ». J'insiste, n'étant pas femme du monde : « Plus beau aussi, Mohand ? » Ses yeux me quittent. Ils passent sur les laideurs qui nous entourent, sur la

Courneuve qui nous cerne. Il ne dit toujours rien mais je comprends que son truc n'opère pas. La Courneuve résiste. La Courneuve refuse tout à fait de se laisser dissoudre. Elle ne veut même pas entendre parler d'un simple éloignement, d'un petit recul même momentané. Elle est là tout entière et compacte, partout, grise, souillée, collante comme un chien, sentant le chien. Quel regard, quelle magie vaincraient ce désespoir de la hideur des choses ?

Mohand renonce, retourne au rêve. Je l'y rejoins. Il soupire. Je soupire avec lui. Un sourire lui vient comme on en voit aux écuyers des tableaux italiens. Puis, il conclut, extrêmement suave : « Il faut tuer tous les Arabes ».

En attendant, il travaille en France, ce qui peut signifier que, s'il n'est pas au chômage, il est en grève ou en accident du travail. Je le vois donc souvent dans le quartier mais j'ignore toujours ce qu'il est et ce qu'il attend, un page, Dieu ou moi.

Bachir, lui, est arabe. Plus simple, plus direct que son ami Mohand, Bachir ne me dirait certainement pas non. Un véritable Arabe ne répond d'ailleurs jamais non, quelle que soit la question ou la proposition. Bachir me prendrait donc sans aucun doute ni façons. Mais peut-être sans enthousiasme non plus, faute de mieux, en attendant Olga. Ce n'est pas très intéressant.

Avec M'Bo, je cours au contraire à l'échec, du moins au premier essai. Sans compter qu'il est plus foncé, l'étudiant d'Afrique se distingue des autres par sa taille plus grande, ses oreilles plus larges, son air de souverain. Ce beau garçon qui se soucie du monde plus que de moi laisserait donc tomber un « non » majestueux du haut de sa dignité encore neuve, légèrement voyante. Ou encore mieux : il garderait un silence royal, l'esprit mobilisé par les luttes populaires que mène le présent pour un avenir meilleur et peut-être même démocratique.

Et je ne l'aurais pas volé ! Oser proposer de l'amour, ce pas de deux futile, quand l'Afrique noire – il n'y en a pas d'autre – prouve en marchant qu'elle est partie ! Inconsistance féminine ! Légèreté coupablement française ! Et la France, c'est… on sait !

Mais tout le monde marche, n'est-ce pas, parfois depuis longtemps et ça n'a conduit personne très loin, pas plus loin en tout cas qu'à l'autre bout du globe ou à la Courneuve, ce qui est bien pareil.

En réalité, nous croyons tous ici que M'Bo feint l'indifférence envers les filles pour mieux démontrer l'ampleur et le sérieux de ses préoccupations sociales et politiques. Elles le réquisitionnent. Elles l'absorbent. Elles le motivent si bien que c'est avec la lucidité et le courage de l'adulte responsable qu'il leur sacrifie tout, son temps et ses études, l'argent des bourses et les appels de la nature qui reste, malgré tout, humaine.

- Je veux, m'a avoué Renate une fois – absolument humaine. Il m'a pincé le cul.

Et elle a précisé :

- Ce n'était même pas un jour de grève générale.

Si j'insistais donc ? Si je faisais à M'Bo des démonstrations d'admiration câline pour son zèle envers les grandes causes ? Si je le faisais en prenant soin de rester loin des regards d'éventuels témoins ?

Que se passerait-il vraiment entre ce grand noir à la vaste poitrine et ma frêle blancheur ? J'entends toute une jungle le hurler dans un éclat de rire lui-même parfaitement humain, je veux dire naturel. Soit, grands animaux simplistes ! La paix ! Je suis plus bête que vous de poser la question.

Nous avons tous une faim, souvent la même. M'Bo ne ferait de moi qu'une bouchée, délectable, j'espère, si son appétit est aussi féroce que son sourire est éclatant. Quel dommage que cet heureux garçon consente si peu à nous montrer ses dents ! Il serait tellement plus proche et plus aimable, s'il acceptait de rire quelquefois plutôt que de toujours maudire ! Il oublierait peut-être ainsi, avec l'une, avec l'autre, ou dans la solitude de son cœur apaisé, sa couleur, si elle constitue son problème plus que le mal du monde.

Du côté des filles, je sais qui je ne voudrais pas. C'est Marie-Rose. Je ne la porte guère dans mon cœur. Cette fille est bête. Elle l'est trop. Elle l'est tellement que j'admire parfois sa crédulité pourtant si dangereuse.

Car Marie-Rose croit. Cette belle enfant qui ferait une athée pleine de grâce est en réalité une croyante pratiquante, une dévote, une religieuse, la petite sœur soumise à l'ordre d'un dogme âgé et faiblissant, raidi dans son cuir et devenu méchant comme un vieil éléphant.

Marie-Rose, fraîche comme son nom, croit ce que lui affirment les affiches du parti, ce que lui déclare le journal du parti, ce que lui scandent les réunions du parti. Ouverte à cette seule source mais largement, béante, pénétrée et heureuse, Marie-Rose, naïve comme son nom, reçoit et garde tout de cet autre évangile qui coule à flots sur nos banlieues, noie les boîtes aux lettres, recouvre les murs des maisons, les palissades, les abris d'autobus, les poteaux électriques, les réverbères, les portails des écoles, des usines, des hôpitaux et aussi ceux des cimetières car on ne sait jamais.

J'arrête car c'est trop bête. Bien qu'ils me fassent souffrir, je préfère mon humiliation de ne pas savoir comprendre toute seule le monde et mon chagrin de le voir si malhonnête dans ses distributions.

Voilà Marie-Rose et voilà pourquoi je ne l'estime guère. Souhaiter qu'elle m'aime ne s'impose donc pas.

Ceci dit, Marie-Rose n'est pas nécessairement désagréable. Son physique fait au contraire toujours plaisir à voir.

Elle serait même encore plus appétissante si elle ne mâchait pas des gommes sans arrêt. Son genre rappelle celui d'Olga, avec moins de classe naturellement. Marie-Rose ne sera jamais que l'affluent du fleuve.

Affluent plein de santé, d'ailleurs. On peut lui envier cette santé mais elle se comprend. Comment ne pas jouir du meilleur équilibre physique et moral quand on bénéficie comme elle de convictions aussi salutaires ? Avec sa paix biologique, le vide mental apporte aussi l'épanouissement des formes et des fonctions.

Cette absence de problème constitue le privilège de Marie-Rose. De tout le groupe, elle est la seule à prospérer dans l'insouciance que lui garantit son aveuglement de fidèle. Si je n'envie pas ce monopole, en revanche, j'aimerais bien pouvoir disposer de temps en temps de quelque chose qu'elle possède et que nous ne partageons pas non plus : une sorte d'esprit. Cette imbécile heureuse est en effet capable de mots drôles, assez cruels parfois.

On ne sait plus être rosse en France. Ce talent social s'est perdu avec les autres. M'Bo a peut-être raison : les Français ont tout consommé. Les traces de leur passé s'étalent sur le sol en flaques qu'on enjambe. Mais il reste dans Marie-Rose, fille de la Courneuve, un art du coup d'épingle qui pique et m'émoustille.

J'ai honte de ce plaisir. Je ne devrais pas m'amuser de ce qu'il peut y avoir de féroce dans les inventions verbales de Marie-Rose, surtout lorsqu'elles touchent les gens que j'aime. Mais je ne peux pas m'en empêcher. C'est comme d'éclater de rire quand on voit quelqu'un tomber par terre. Monstrueuse ou normale, moi, j'éclate, remettant à plus tard le remords et ses explications.

Quand Marie-Rose a trouvé pour mon ami Milan, notre espèce de mage, le surnom Mini-Vizir, je l'ai jugée dure mais il m'a paru excellent. Et nous avons tous adopté ce nouveau nom, plus prononçable que le vrai, car il va très bien à ce petit jeune homme qui rêve grandiosement à l'Égypte ancienne.

Ce qui peut m'excuser dans ces délices coupables, c'est la certitude que Marie-Rose n'est pas vraiment méchante. Elle agit sans malignité, pour le plaisir d'une trouvaille réussie qu'on trouve amusante et qu'on retient. On ne peut pas lui reprocher cette recherche ni son succès. L'esprit émerge où il peut. C'est là, aux dépens des autres et malheureusement nulle part ailleurs, que sort de Marie-Rose une pointe mentale.

On sait que j'aime Renate. Pourtant, lorsque Marie-Rose lance après le départ de la petite jeune fille son fameux « Berlingot restera Berlingot », je me mange les lèvres pour ne pas lui montrer que je ris de celle qui a tout mon cœur. J'ai vraiment honte. Et je me trompe peut-être lourdement. S'il s'agissait de jeux franchement cruels, que je n'aurais pas le courage de reconnaître, n'ayant pas la loyauté de condamner les blessures qu'ils infligent à mes plus chers amis ? Normale ou monstrueuse ? Aucun système, nulle chapelle ne me l'expliqueront.

C'est sur un air d'accordéon que j'aimerais recevoir Renate dans mes bras. Nos cœurs se toucheraient. Accepterait-elle ? Elle me semble demander tellement d'aide et je voudrais tant que cette aide ne vienne que de moi !

Quand je regarde cette douce et robuste jeune fille manipuler un accordéon trop grand pour elle, je n'ai pas envie de pouffer. Menue, aux trois quarts cachée par le soufflet, Renate joue des musiques venues de son pays qu'elle ne connaît pas. Un pathétique me prend alors et je m'y abandonne. Je hais les mollesses, c'est vrai. Pourtant, je me laisse aller sans remords aux émotions que Renate m'apporte quand elle tire de ses claviers un air qui lui crispe les doigts et qui me fait fondre.

Cette fille de dix-neuf ans montre un visage de madone italienne dont l'Allemand Dürer aurait gravé les traits. Renate vient du reste elle-même d'amours entre ces deux pays.

Horst Forma, son grand-père bavarois, portait ce nom d'origine latine. En 1936, il avait rencontré et aimé une Lombarde de passage dans son pays. L'enfant fut une fille. Le père, patriote, et la mère, amoureuse, lui donnèrent le prénom à la mode : Gudrun.

Aucun des deux n'a survécu au naufrage de la nation allemande. Le bébé, lui, surnagea. On le recueillit, on l'éleva. Qui ? Où ? Pourquoi ? Renate l'ignore et ne trouve pas que ces questions soient les plus importantes. En 1962, Gudrun réapparaît, avec son prénom aimé des nazis et un grand nombre de silences. On dirait qu'elle est rentrée dans la norme. Elle a mis en effet à son tour une fille au monde. Elle l'a appelée Renate, peut-être pour opposer au patronyme italien de son père qui est toujours le sien un prénom allemand ou, au contraire, pour compléter ce Forma si peu germanique d'un prénom propre à la péninsule, puisque Renate est à Munich ce qu'est à Rome Renata.

Mère et fille Forma vivent donc seules ici et là. En 1970, elles se trouvent en Italie. Gudrun travaille à Gènes dans un service culturel français. Elle est jolie, aimable et sérieuse. Quand elle quitte son poste, tout le monde regrette cette excellente secrétaire. Elle avait trente-trois ans. Un matin, ses anciennes collègues apprennent la nouvelle. Gudrun vient d'être abattue, percée de balles, par la police italienne dans l'un de ses assauts contre un siège des brigades rouges. C'était une terroriste.

Tout écrase donc Renate. D'abord, il n'a jamais été facile d'être boche dans l'histoire du monde. On en est même parfois durement châtié. Défaite périodique du soldat submergé, crépuscule de la nation, discrédit du pays. Il faut alors aux Allemands oublier et revivre. Renate y parvient moins qu'un autre. Sa difficulté tient à un anachronisme : son amour de la patrie.

J'ose ces termes insolents après avoir regardé prudemment à gauche et à droite. C'est qu'il y a partout des gens modernes, motivés et parfaitement conscients, qui sont toujours prêts à faire subir les plus justes violences à ceux qui lancent les idées détestables. Il faut donc faire attention. Malheur à l'étourdi qui lâchera le mot provocateur, le sale mot qui défie la mode.

Ces dangers, Renate ne semble pas les voir. Elle ne mesure pas les terreurs de l'esprit qu'on installe au nom des libertés. Elle vit ses chagrins librement, aussi mal que possible. Personne ne peut encore l'en empêcher. Les yeux toujours en fête, Renate pleure les malheurs du pays de son grand-père, disparu en combattant pour lui. Elle regrette la grandeur passée de l'Allemagne.

Elle parle avec contentement des victoires de la Wehrmacht, du courage de ses troupes jusqu'au dernier jour, jusqu'à la dernière heure dans les rues de Berlin, de leur « innocence » qui, si elle existe, égale celle des autres armées du monde dont on apprend parfois ce qu'elles sont aussi capables de faire.

Renate voit bien que le nazisme a été un mal et elle le condamne. Puis, avec la même sincérité et soudain aussi sentimentale qu'elle vient de se montrer lucide, elle évoque la présence des troufions allemands à Paris et semble partager avec eux la satisfaction d'avoir su vaincre et triompher.

On peut comprendre ces sentiments. Qui n'aime pas gagner? Mais je ne veux pas toujours suivre Renate. Elle va parfois trop loin sans doute en allant au bout des questions qui l'angoissent. Elle devient alors embarrassante et j'ai peur que mes silences la désespèrent davantage et l'éloignent de moi.

Quand, par exemple, Renate a appris que la France ne célébrerait plus sa victoire de 1945 sur son propre pays, cette Allemande, logique et patriotique pour deux, a été bouleversée.

Elle est venue vers moi, sa rigolade habituelle aux yeux mais l'esprit en déroute et les lèvres tremblantes. L'incompréhension, une tristesse et de l'inquiétude l'empêchaient de s'exprimer normalement. Cette enfant calme parlait trop vite et trop fort et son accent s'amplifiait, devenait vulgaire.

- Mais alors, dis, Van-Van ? Qu'est-ce qui va arriver si on n'est plus fâchés ? S'il n'y a plus de guerre ? Et les héros français ? Ils vont passer pour qui, d'un coup, à ton avis ? Des pauvres cons morts par erreur ? Et toute la Résistance ? Tous ces pendus, ces sacrifices, ces horreurs dans les gares, les stades ? Dieu sait que ça existe, hein ! Ça existait ! On en parlait ! L'honneur français, le rattrapage ! Films ! Livres ! Affiches ! Cérémonies ! Drapeaux ! Et c'était vrai ! Oh oui ! Aussi vrai, aussi terrible que la fin, l'agonie de l'Allemagne elle-même ! Historique ! Et, alors, maintenant ? Motus ? Fini ? Gommé ? Dis ! Si c'est ça, la France, quelle honte, hein ? Heureusement qu'on n'en est pas, nous deux ! Tout de même ! Et tous ces noms de rues ? Effacés aussi ? C'est qu'il y en a ! Des foules ! On va les changer ? Tous ? « Untel, fusillé par les Allemands » avec, sous son nom, telle date. On ne peut plus écrire ça, maintenant ! Il faut devenir discret ! Ami ! Prudent ! Ils vont mettre simplement « fusillé » ? Fusillé par qui ? Pourquoi ? Et pourquoi en 1943, d'abord ? ou en 1944 ? Il ne s'est rien passé, ces années-là, qu'on sache ! Rien du tout ! Calme plat, rien à dire ! Rien qu'on sache ! Rien du tout ! Rien avant, rien après ! Alors, autant supprimer toute la plaque, mettre un autre nom ! Ce n'est pas les vrais héros qui manquent ! Ceux de toujours, des centres ville ! Thiers ! Louis XIV ! Ces fumiers historiques ! Ou alors, des noms neutres ! Rue de la foire, du commerce, du marché ! Ou encore mieux, Rue

Thorez ! Il ne voulait pas se battre contre les Allemands, lui ! Il a même déserté pour éviter ce crime, cette erreur qu'on veut faire oublier maintenant ! C'est lui, le vrai héros ! Comme il avait raison, VAN-VAN ! Tout seul ! Le premier ! Il avait deviné ! Ah ! Le courage ! On n'a qu'à le mettre partout ! Thorez dans les banlieues ! Ça changera de Gagarine ! Et puis, et Jean Moulin ? Qu'est-ce qu'il va en faire, à ton avis, ce peuple si logique ?

Renate respecte ceux qui savent mourir pour leur pays. Elle éprouve pour ce préfet de France une admiration égale à celle qui transporte Olga au nom de Richepoux, aviateur Français. Elle continue :

- Ils vont le sortir du Panthéon ? Le jeter à la fosse, puisqu'il est mort par accident, en somme ? Pour rien ! Comme n'importe qui !

Puis, elle essaya de mettre de l'abstraction dans sa révolte :

- Quand cesse-t-on, d'après toi, d'être des ennemis ? Est-ce qu'il y a un moment voulu, un moment normal pour décider qu'on oublie tout à fait, après avoir souffert ? Est-ce qu'on peut se désavouer ainsi soi-même, tant qu'on reste en vie ? Il me semble que c'est seulement en mourant, ce qui désavoue tout, pas vrai ? qu'on efface l'histoire. Ils n'ont pas voulu attendre ! Pourtant, le mal est fait, le mal fait partout demeure, non ? Est-ce qu'on peut dire qu'on oublie, et renier, ridiculiser les morts, ces morts stupides, trop courageux, pauvres naïfs simplistes d'un moment ?

Renate médita encore puis, soudain calmée, étrangement paisible après ce flot, elle ajouta seulement : « Il y a trop de choses que je ne peux plus accepter » avec une détermination qui ne m'effraya pas et à laquelle je me reprocherai toujours de n'avoir pas assez réfléchi. Mais s'il n'y avait encore que la masse tragique de l'Allemagne dans le poids qui écrase

Renate ! Il y a naturellement davantage. Il y a une morte. Il y a Gudrun, ce cœur secret dont les balles ont arrêté le mouvement sans expliquer l'itinéraire, pénétrant dans sa chair sans pénétrer son âme.

Orpheline d'une mère descendue par les flics, fille d'une meurtrière qui aidait à abattre des passants, c'est trop. Je ne supporte pas l'idée de cet excès de drame. Comment Renate pourrait-elle en soutenir l'épreuve ? Choisir est tentant, comme si la douleur pouvait venir moins forte en venant d'un seul mal. Renate a l'embarras du choix entre plusieurs souffrances. Elle peut se révolter contre les méthodes des forces de l'ordre, les méthodes fascistes des forces de répression. Elle peut ne pas surmonter la honte d'être née d'une créature qui préférait la violence à tout, sans dégoût pour le sang ni respect pour la vie, c'est-à-dire fasciste. Elle peut aussi pleurer l'absente et sur sa solitude.

Mais si le choix, cette pauvre parade, lui paraît impossible ? Si Renate, incapable de cet artifice, estime comme c'est naturel qu'il ne faut tuer personne, ni l'assassin qui prépare son acte avec une atterrante bonne conscience ni sa victime qui tombe sans comprendre ? Quel abus de tortures, alors, pour un seul cœur, un seul esprit, si toutes ces raisons indignent et meurtrissent ensemble ?

Des mots, Van-Van. Des mots. En réalité, lorsqu'il devient abominable, le mal bloque la gorge. Les paroles n'y viennent plus. La pensée suffoque et tombe desséchée. Renate s'asphyxie devant nous dans ses peines. La madone s'abîme. Des tensions la déchirent. On n'en devine rien de l'extérieur. Son visage jeune et frais comme un Raphaël ne montre aucune craquelure. On n'entend rien non plus. Tout est calme, au-dehors. Tout est comme un silence.

Renate parle, pourtant. Mais produire des sons en Français ne l'intéresse pas. Ce qu'elle veut, c'est s'exprimer en allemand. Seulement, un phénomène intervient. Dès qu'il s'agit de prononcer un mot de cette langue qu'elle lit et comprend pourtant bien, rien ne sort plus de ses lèvres.

Pas un bruit, pas un souffle. Le silence du vide. L'allemand n'est plus une langue, l'Allemagne n'est plus un pays, Gudrun n'est plus sa mère ou ne l'est plus assez.

Si Renate échoue, ce n'est pourtant pas faute d'essayer. Elle essaye sans arrêt, seule ou en groupe, avec moi comme devant des inconnus, c'est-à-dire toujours aussi seule dans ses pensées et dans ses tentatives. Rien n'arrive, rien ne passe. On la voit remuer ses lèvres, on devine qu'elle cherche à commander à tous ces muscles sans nom, à ces forces cachées et pourtant simples qu'on met en mouvement dès qu'on dit quelque chose et même n'importe quoi. Son visage se tend. En vain. Renate s'applique davantage. Elle se concentre, oublie ce qui l'entoure, moule sa bouche, baisse ses paupières, fait le noir et le calme au-dedans. Puis, soudain, pense au mot allemand qu'elle a choisi de dire cette fois, y pense comme à une énorme enseigne lumineuse qui éblouirait sa nuit, ferait une explosion, créerait un giclement. Mais rien. L'obscurité reste muette, les lumières sont froides et inféfécondes, les muscles impuissants. Renate souffre. Elle s'en va, les yeux pleins de gaîté.

- Vi ! Bonjour ! J'ai plein de choses à dire !

Et Armelle est là tout de suite, prête à communiquer, la pensée vive, le vocabulaire à portée et le cœur, au besoin, tout aussi disponible. La très chère connaît tant de mots qu'elle ne s'arrête pas de penser. Elle réfléchit même déjà à autre chose alors qu'elle n'a pas fini d'énoncer le dernier produit de ses cogitations. Aucune étape n'est pour elle une pause. Au contraire, la parole qui l'exprime relance son esprit au lieu de l'apaiser.

C'est un entraînement, à la fois mécanique et vivant. C'est l'analyse, un des jeux de l'esprit qu'Armelle affectionne. On s'installe dans cette sorte de manège et on décolle.

On quitte les bassesses, les trottoirs, les chiens, les misères du métier, le siècle. D'un ricochet à l'autre, virage après virage, on s'éloigne des rives, on saute les premières vagues, la barre, et on atteint le large. On franchit l'océan. On passe sur des houles d'argent qui remuent comme des seins de femmes endormies sous la lune.

La réussite des planements avec Armelle me flatte car je la crois intelligente. Ses longs doigts élégants touchent mon front et me voilà dansant, glissant à ses côtés au-dessus de ces vides brillants, de ces plénitudes soulevées par un souffle. Voguant dans les espaces cérébraux, nos intellects se rapprochent, s'ajustent comme des nefs jumelles et les mots porteurs de nos messages naviguent à l'aise sur les passerelles qui les relient étroitement.

C'est l'accord des esprits. Armelle exprime-t-elle un sentiment délicat dont les nuances exigent une recherche, ou une idée qui a le droit de ne pas être simpliste, j'ai la chance de la suivre, le bonheur de la précéder et elle me trouve, charmée, à l'arrivée. Si je lui confie à mon tour une pensée, une émotion qu'il me semble impossible de communiquer dans l'intégralité de son exactitude et de sa portée sans un minimum de mots, Armelle me rejoint dans ce voyage parmi les tentations et nous le terminons ensemble.

Armelle et moi, c'est donc comme de la musique, quand elle possède cette qualité si humaine qu'on éprouve l'ivresse de l'avoir composée soi-même alors qu'on la découvre. Souvent, écoutant un disque nouveau, j'ai cru avoir toujours connu la suite du passage qui se développait. Sa nécessité me paraissait évidente, comme coulant de moi, et je pensais, ravie mais sans étonnement, que j'aurais ajouté exactement les mêmes notes si j'avais su écrire celles qui les précédaient.

Avec Armelle, qui vit d'ailleurs dans la musique, aime les pièces distinguées, les titres rares, les auteurs confidentiels, cette impression est encore plus fréquente. Il faut bien reconnaître que ces correspondances de l'esprit ont quelque chose de tout à fait exquis.

Le reste est aussi délicieux dans cette souple jeune femme aux attaches fines, à la taille mince et dont le charme, libre des modes, du moment et du lieu, vient comme la musique des sphères elle-même, de partout et sans cesse. Son nom de famille est déjà un plaisir. Elle s'appelle Houssard. Nom magnifiquement français. Mais Armelle affirme qu'elle est belge. Comment la croire ? Avec ce nom, avec la distinction et l'esprit d'Armelle, sa famille ne peut venir à mon avis que du pays dont les campagnes ont réussi à produire en plusieurs siècles de labeur les marquises de Versailles aux manières parfaites, à l'intelligence déliée et au cœur toujours plein de fraîcheur.

C'est sûrement par une délicatesse bien digne d'elle que la très chère veut taire une origine si française. À quoi bon blesser les gens, en effet, quand on peut l'éviter ? Pourquoi les provoquer ? Dans nos banlieues, être blanc constituera de plus en plus une rareté, un inconfort pour tous. Persister à l'être apparaîtra comme une obstination. S'il fallait, en plus, faire entendre un nom typiquement national, pour ne pas dire nationaliste !

Ah ! Le défi ! Le scandale ! On voit rouge, on voit noir devant des noms pareils ! C'est qu'ils expriment un programme, une classe, un passé qu'on croyait morts ! Vaincus ! Collés au mur ! Étouffés sous l'affiche ! Compissés par les chiens ! Déchirés, dispersés par le vent de l'histoire !

Houssard ! Nom de colon ! Le nom même qu'on a lu trop longtemps sur les plaques des rues, des places, des escaliers des villes et des villages des colonies françaises ! Des quais des ports ! Des rampes et des passages ! Des routes dans la brousse ! Des carrefours steppiques ! Partout ! En Asie ! En Afrique ! Et ailleurs ! Houssard partout ! France partout ! Changarnier et Garnier ! Lamoricière ! Faidherbe ! Marchand ! kif-kif ! Odieusement kif-kif ! Houssard ? Nom de Dieu ! Houssard ! Hussard ! Soldatesque ! Goupillon ! Et pourquoi pas Capet !

Quel respect peut-on raisonnablement inspirer en avouant un nom pareil à la mairie, à l'école, à la poste ? Son arrogance de seigneur, son impudeur bourgeoise, son relent de soudard excitent une juste colère parmi les malheureux des steppes et des savanes libérées, venus chercher sur place une autre servitude.

Il est donc plus convenable de se dire belge. Les Belges sont des irresponsables qui ne pensent qu'à manger des fromages de France. Leurs noms français, normaux et acceptables à Bruxelles, ne prêtent donc pas à conséquence ici.

La grande affaire d'Armelle, c'est de vivre un grand amour. Son grand problème, c'est d'aimer un vieux. Rien n'est ainsi petit dans cette aventure, ni l'âge du bonhomme ni le cœur d'Armelle que la passion et le verbe dilatent. Quel peut être exactement ce grand âge ? En le taisant, la très chère permet toutes les craintes. Quarante, quarante-cinq ans ? Une certitude fixe l'extrême limite, inconcevable du reste : l'homme aimé d'Armelle qui n'a que vingt-quatre ans elle-même ne peut pas en compter plus de soixante puisqu'il est, comme elle, fonctionnaire et qu'il travaille encore.

Cette certitude représente un des rares détails concrets dont je dispose au sujet de l'heureux vieillard. Des choses de la vie, Armelle ne dit rien, en effet, lorsqu'elles sont physiques. La matière ne l'intéresse pas. La matière où paraît d'abord se confondre l'existence des autres ne sollicite pas sa conscience. Pour Armelle, à l'esprit cependant sans repos, le monde est une œuvre personnelle dont il faut soigneusement choisir les aspects et définir la nature selon son âme propre. C'est pourquoi elle parle de préférence d'elle-même, de la masse de pensées et de sentiments dont elle se voit le centre et se veut l'interprète.

Je n'ignore donc rien de l'aventure intérieure telle qu'Armelle l'organise ou la subit, telle qu'elle la vit. Si elle tait les voluptés de son corps, Armelle me dévoile et me développe toutes ses autres émotions avec grâce et avec abondance. Rien de ce qui loge dans son cœur ne reste ainsi dans l'ombre, pas même sa banlieue ni le moindre état d'âme qui ne fait qu'y passer… Toute la cité, tous les faubourgs et leur périphérie, les deux couronnes et leurs populations brillent au contraire sous les feux de la rampe. L'esprit d'Armelle est un phare. Cherchant et fouillant, il met à jour avec ravissement des nouveautés sentimentales vieilles comme le monde, fraîches comme tous les débuts. Il éclaire les émois les plus secrets, qui sont les plus connus. Il illumine des intentions obscures jusque-là mais qui n'étaient pas sombres. Il donne un relief intéressant à chaque pli d'une âme dont on savait qu'elle n'était pas plate, et une animation à chaque mouvement naturel du terrain.

Il se fascine donc lui-même du spectacle qu'il découvre, le paysage humain, qui sans cesse s'élance avec ses plages nues, frileuses et consentantes sous le vent et avec tous ces mots qui déferlent sur elles comme un rouleau de vagues poussé par un souffle, par une inspiration.

Ne manque, en somme, que le vieux lui-même parmi ces féeries, ces jeux de glaces et de lumières. Mais dans ces démonstrations brillantes d'une sensibilité émerveillée par la révélation de son pouvoir d'amour, ce qui compte est sans doute moins la matière première que l'état ultime, c'est-à-dire second, de la sincérité. Rester soi-même, et surtout avec l'autre, est la dernière vérité.

Je connais donc parfaitement les espoirs et les craintes d'Armelle, la griserie de son esprit quand elle pense à son amant ou imagine les pensées qu'elle souhaite lui inspirer. Nous palpitons ensemble dans l'allégresse comme dans l'inquiétude. Et tandis qu'Armelle expose, tandis qu'Armelle explique, exaltée, exhaustive, parfois exténuante, j'observe et je découvre.

J'apprends qu'on peut être bavard et sincère, qu'on peut en même temps vivre et dire un amour et que parler de lui, parler de soi, ne change rien au plaisir ou au mal qu'il apporte. Les mots ne sont donc pas forcément des souillures. Je nourrissais à leur sujet un doute et il me dévorait. En me parlant jour après jour d'une passion dont je vois qu'elle l'enchante ou la tourmente tout entière à chaque instant, Armelle m'a permis de comprendre que mille ou cent mille mots ne pouvaient rien ôter à sa réalité. C'est un grand réconfort.

Qu'importe, alors, si toutes ces paroles ajoutent à cette réalité un autre poids, leur propre mouvement, des perspectives ? Ce supplément est sans doute inutile mais il s'amalgame à la vérité, on croit à ce qu'il crée lui-même, il devient de l'amour parce qu'il y participe.

Ravie que son amant arrive, fâchée dès qu'il s'en va, Armelle la pensante, Armelle la diserte ressemble à toutes les femmes qui aiment dans le monde, secrètes ou prolixes : une présence les remplit de gaieté, l'absence les charge d'une peine. Quel abus de paroles, quel excès de conscience pourraient-ils altérer cette simplicité ?

Et comme je voudrais, moi aussi, être admise dans ce jeu ! Pénétrer dans ces fêtes, dans l'écho des miroirs, pour m'y voir aimée, m'y regarder aimer, à l'infini des causes et des effets ! Pour tous ces ricochets, ces vols planés, pour cette ondée verbale, pour ces reculs qu'on prend pour mieux apprécier l'ensemble, pour ce silence, et puis, pour ces élans qui nous y précipitent, pour tout l'amour du monde, toujours premier, pensant, parlant, vivant !

Milan. C'est avec lui qu'il m'a parfois semblé que tout pourrait commencer pour moi. Je l'ai appelé notre espèce de mage sans intention blessante. Ce garçon m'est précieux, au contraire. Il a l'amabilité de trouver ma compagnie plaisante et je lui dois de mon côté quelques satisfactions qui ont beaucoup compté.

Par exemple, il m'appelle Néfra lorsque nous sommes seuls. Je lui en suis plus que reconnaissante. Il a construit ce nom à partir d'un mot d'égyptien ancien qui signifie beauté. On retrouve, m'a-t-il également assuré, cette même racine dans plusieurs noms de princesses ou de reines d'Égypte, comme Néfertari, et dans celui de nénuphar, la belle fleur par excellence avant l'apparition des roses.

C'est agréable et je crois Milan sur parole, me demandant seulement d'où viennent ses idées. Les tire-t-il de sa solitude comme les magiciens de cirque sortent des colombes de leurs chapeaux ? Mais la solitude est un vilain sombrero. En ombrageant le regard de celui qui le porte, il risque de lui attrister le spectacle du monde.

Il y a des gens qui donnent plus que d'autres le sentiment d'être des créatures. Qu'ils en parlent ou qu'ils le taisent, on devine en eux le créateur. Quelque chose dans leur présence l'atteste, comme un rayonnement derrière le nuage indique le soleil. Milan, dit Mini-Vizir, compte parmi ces êtres. Un démiurge l'a fait, comme il faisait le monde. Seulement, lui, il en parle beaucoup, souvent, et de plusieurs façons. Ses mains, pour souligner ce que disent ses lèvres qui glorifient la matière car un dieu est en elle, soupèsent au passage des formes et des volumes. Le créateur en lui adore trop sa création et la serre de près.

Milan est apatride. Cette situation ne peut que favorablement impressionner les gens autour de nous. Quand on n'a pas de pays, on n'est nulle part immigré. Le nom de famille de Milan, qui ne vient ni du Cher ni de l'Indre, ajoute encore à son crédit, lorsqu'il ne passe pas inaperçu parmi tous ceux qui ne doivent rien non plus à la Charente-Maritime.

Peu importe. Comme Renate, Milan s'est trouvé une terre selon son cœur. Et c'est plus qu'une terre pour lui. C'est plus qu'une nation et davantage qu'un moment de l'histoire humaine. C'est l'Égypte, cette naissante et radieuse humanité qui a su tout inventer à la fois. C'est ce monde paisible, qui avait l'âge de ses jeunes gens dont rien n'arrêtait la fougue organisatrice et qui baignait comme eux dans l'air magique de l'enfance où tout est toujours grandiose et possible.

Ainsi parle le petit mage. Il le fait avec un enthousiasme digne des millénaires qu'il célèbre. Les connaissances de Milan m'éblouissent. Il semble tout savoir des temps pharaoniques, de cette civilisation tranquillement géniale qui ne pouvait rien imaginer sans le concevoir immense et ordonné. Il sait dire l'Égypte d'une voix émouvante, avec les mots qui touchent, un regard admiratif, parfois rêveur, et des mains qu'une passion anime, qui cherchent à saisir dans le monde réel un peu de la beauté des siècles dont son cœur est rempli.

Je l'écoute, je le regarde et j'apprends à aimer moi aussi ce temps de la grandeur des âmes et des œuvres et cet amour simple et profond, charnel et religieux que les anciens Égyptiens montraient pour la vie, jusque dans leurs tombeaux ornés de ses tendres images. Et lorsque Mini-Vizir s'écrie, le visage rayonnant, ses mains vers moi : « Ah, Néfra ! Néfra ! Si tu savais !... » il me semble que je sais, en effet, et que j'ai toujours su.

Il me semble que je suis égyptienne de la première époque, de cet Ancien Empire qui fut la jeunesse du monde. Je suis cette jeunesse, étendue près du Nil, beauté nue dans le soir descendu sur le fleuve, aimant les dieux et l'existence, sereine et créatrice. Alors, par précaution j'emprisonne les doigts de Milan dans les miens et je les garde avec plaisir.

C'est quelque chose. C'est la magie de la Courneuve. Milan semble content. De mon côté, je ne pense plus aux choses habituelles, à la mort de ma mère. C'est beaucoup.

Physiquement, ce petit être n'a pas d'âge apparent. On lui donne généralement une quinzaine d'années. C'est d'ailleurs tout ce qu'on lui donne car Milan est pauvre et, je crois, malheureux. Son visage va aussi mal que possible avec un crâne entièrement rasé. Milan est chauve, en effet, comme un prêtre des premiers temps.

Les dieux existent et ce prêtre veut y croire. Milan vit donc saintement puisque la matière est leur œuvre. Il les vénère en la louant et les honore s'il la prend, la pénètre et l'enrichit du poids de son cœur. Milan aime ces dieux. Il trouve en eux, placides et bienveillants, ce qu'il est libre d'y mettre et que rejettent le plus souvent leurs créatures humaines. Les terrestres sont devenus rétifs. L'indifférence les paralyse. Elle les sous-emploie. Milan, qui ne parvient à convaincre personne, se réfugie donc auprès des dieux païens d'Égypte, car ils sont tolérants.

Oubliant tout, sauf ma présence et ses menottes, il me parle aussi de cette société humaine qui se voulait leur descendance parce qu'elle avait su les concevoir et qui était à la fois si profondément religieuse et si sincèrement physique, si heureuse d'exister, si navrée de mourir, si décidée à revivre, et donc si simple et si magique. Et regardant Milan à mon tour et l'écoutant, je comprends pourquoi je le trouve si prêtre. C'est qu'il semble connaître le secret d'un passage. Il y circule à l'aise, de la beauté des filles à l'immortalité. C'est le passage qui mène de la chair à l'esprit, de l'âme à la matière. Il existe. Certains le trouvent. Un équilibre les distingue.

Pour me parler de ces choses divines et si consolatrices tout en essayant de caresser mes propres paraboles, il faut que Milan ait appris à ployer l'arc de vie jusqu'au cercle où les fins se confondent. Ainsi, tout serait courbe grâce à une tension.

Un dieu s'enroule dans le sein d'une femme et s'y endort comme un fœtus.

Milan est donc probablement un aigle. Cette plaisanterie me fera toujours rire. Il m'en faut peu, sans doute. C'est que j'en ai besoin. Milan n'est pas loin, du reste, de se prendre quelquefois lui-même pour Horus. Il voudrait voler, sans le recours à des mécanismes. Il voudrait voir de haut, sans pour autant passer pour méprisant. C'est l'autre forme, je suppose, de l'envie unanime d'être aimé et de convaincre. Mais il s'est trompé d'époque et de plan. Il vit au siècle des sciences, non des charmes et c'est pourquoi il ne peut que marcher.

En attendant, si je lui disais oui, ce banlieusard se jetterait sur moi tout à fait comme un homme. Soit. Et après ? Qu'ajoute à ton propos une conquête de plus ? Te souviens-tu de quoi il s'agissait ? Il s'agissait de savoir pourquoi tu ne peux pas souffrir Li-Masson.

Parlant de lui, tu disais : « Ce n'est donc pas cet homme de chair en pleine force qui me paraît odieux ». Et tu ajoutais que ton dégoût ne venait pas non plus des coucheries qu'ils organisent, Olga et lui, pour leur plus grand plaisir.

On attendait donc la suite, les vraies raisons. Et au lieu d'indiquer ces vraies raisons, tu te lances dans une sorte de contrôle de ta vénusté auprès de ceux qui t'entourent et tu t'arranges, naturellement, pour que ce contrôle s'avère tout à fait favorable, si on néglige une malheureuse fille que tu ne peux pas voir. Serais-tu illogique et confuse ? Je veux dire : cahotique ?

Ce n'est pas grave. Je parle des reproches encourus. J'ai l'habitude de me faire reprendre beaucoup plus vertement. Et puis, d'abord, ai-je tellement dérapé ? Où peut-on voir que j'ai quitté la route, puisque c'est moi qui la dessine ?

Cette critique est donc vraiment très secondaire. Il n'y a que moi, ici, moi seule ensemble, si je puis dire. Je connais pire, et plus précieux. Il y a l'Autre.

- Milan?

Il me regarde, plein d'espoir.

- J'ai peur de ne pas savoir vraiment vivre.

Son visage s'assombrit :

- C'est embêtant.

Puis une lumière monte. Elle éclaire ses yeux :

- Surtout, naturellement, quand on n'a que ça à faire dans la vie.

Milan blague. Il est gentil. Une envie me saisit : faire avec lui le livre que j'ai toujours voulu écrire. N'y mettre ainsi que des choses simples et prenantes comme cette lumière.

- Milan?

Il attend. Des millénaires de satisfaction n'ont pas apaisé son espérance. Milan pose sur moi le regard d'une statue de pharaon qui s'apprête au spectacle de la divinité et le dessin superbe de sa bouche contient déjà l'idée du sourire qui lui rendra la vie.

- Milan? Si on faisait un livre?

- C'est vrai, dites? C'est vrai?

C'est Marine qui pose cette question. Elle semble folle de joie, ce qui la rend presque normale. Elle se tortille sur un pied, sur l'autre, en fille qu'une allégresse galvanise. L'espoir la grise, lui arrondit les lèvres et les yeux, gonfle son cœur qui soulève ses seins. Bouche d'un rouge vif, boucles d'oreilles de la même éclatante couleur. Trois points de sang sur un visage d'une extrême blancheur. Regard très clair, sans fond, et grande chevelure rousse flottante. Toute l'Espagne.

C'est à l'angle d'un trottoir. Crottes de chien partout, plus ou moins écrasées. Petit vent aigre qui retourne les feuilles pointues des peupliers, ébouriffe un moineau, agite un pan d'affiche. Là-haut, du ciel gris et blanc bordé de bleu. Ciel de Paris, remuant et généreux, qui roule et glisse bien au-delà du boulevard périphérique, orgueil de nos banlieues.

- Dites ? C'est vrai ? Vous vous appelez Halle ?

- Mais c'est pas vrai, ça ! C'est pas possible !

Marie-Rose explose, écume, prend le monde à témoin de son indignation. C'est un scandale ! crie-t-elle. On ne peut pas tolérer ça ! Des vacheries pareilles ! Ah ! Les salauds ! Tu te rends compte ? C'est une honte, je te dis !

Marie-Rose ne fait pas la liaison, prononce : « c'é-une honte ! » Elle ne fait jamais, du reste, aucune sorte de rapprochement. Ce qui la révolte, c'est le texte qu'elle vient de lire sur une grande banderole tendue en travers de la place de la mairie. Elle explique, vibrante :

- Tu sais que la ville a mis de nouveaux réverbères devant la mairie ? Des modernes, très hauts, des beaux, pleins de lampes qui éclairent bien plus qu'avant. Qu'est-ce que ça brille ! Hé bien ! Qu'est-ce que tu crois ! Ah ! C'est vraiment dégueulasse de leur part ! Ils ont encore tout refusé en bloc ! Tout essayé d'empêcher encore une fois ! Ils n'ont pas voulu donner un sou pour ces grands réverbères ! C'est la mairie qui a dû tout payer ! Ils le disent ! C'est écrit ! Pas un sou du gouvernement ! La réaction a encore dit non ! Tout payé par le peuple ! Les travailleurs ! Quelle honte, hein ? Quel régime ! La mairie installe de nouveaux éclairages, magnifiques, immenses, tellement lumineux qu'on se croirait tout à coup en plein jour sur cette place quand on arrive des rues sombres et ils refusent tout, au gouvernement ! Pas la moindre aide ! Aucune subvention ! Tout est encore à prendre sur le budget de la commune ! Ah ! Les ordures ! Ils sont vraiment contre tout ce qui est social ! Contre les petits ! Contre nous tous ! C'est écrit ! Tu peux aller voir ! Pas un sou !

M'Bo, lui, est tout heureux, au contraire. Il se frotte les mains et sourit tellement qu'on dirait qu'il va rire. Sa bouche déborde d'ivoire et son cœur de l'espérance d'un triomphe qui lui paraît plus proche. Encore ! Encore ! dit-il en jubilant. Il faut qu'il en arrive encore et toujours plus ! Ça commence vraiment à devenir sérieux ! On en voit de partout maintenant ! Et en permanence ! On va enfin pouvoir poser les vrais problèmes ! Créer notre situation !

De qui parle-t-il dans cette joie montante ? De tous ceux qu'il veut représenter, des millions des siens qui sont restés dans les grandes républiques d'Afrique. Pas pour longtemps ! précise M'Bo avec gaieté. Pas pour longtemps ! Ils viennent. Ils arrivent. Ils s'installent. On les voit chaque jour plus nombreux. On en rencontre maintenant dans le métro, en tenue nationale, qui lisent de grands livres en arabe. Quel signe, cette aisance ! Quelle force, ce nombre ! Quel retour ! Comme le problème posé va bientôt être superbe, physique ! Saignant comme une création ! Un enfantement ! Un ruissellement épais et chaud ! L'explosion du bocal ! Toute une vie, la nôtre, la seule innocente, prenant Paris de tous les côtés pour le régénérer ! Fini, le sang pourri, trop riche, de l'Occident ! Son égoïsme de vieillard ! Ses indifférences criminelles ! Tout va bientôt changer, hurler, peut-être au début, mais chanter à la fin ! Chanter ! Danser ! Et rire ! Rire ! Le Congo à Paris !

Armelle élargit ses grands et tendres yeux qui brillent de l'argent des vitraux. « Je vous aime, très cher, je vous aime ! » Elle parle à son amant. Le moment est délicieux. Ils sont assis tout au bout d'un sofa et sur l'extrême bord. Leurs mains se tiennent. Leurs lèvres se touchent presque. Les narines d'Armelle frémissent. Tendu, son mince corps vibre. Une musique en émane. Le regard d'Armelle s'élargit encore, absorbe l'espace, devient un ciel. Et dans cette immensité qui s'offre, l'amant voit passer des rayons de lumière comme dans un triomphe et des écharpes de pluie déployées par des brises fantasques. Et c'est tout un amour scintillant et lucide qui monte vers lui. Charmé, pressé, l'amant s'y abandonne. Il enlace Armelle. Ils tombent vers les coussins. Alors, la très chère fait tinter deux ou trois rires de cristal et sa voix de marquise met dans la symphonie naissante un coup d'archet tranchant :

- Très cher ! Comme ces costumes marron vous vont mal !

- Mohand, dit Bachir, laquelle c'est, tu crois, qui a le plus beau cul ?

Renate joue. Je suis allée la voir. Sa maison est plus moche que les autres. Elle fait partie d'un groupe d'HLM dont le nom est peint sur un panneau : « Pénombres et Parpaings ». Sur les paliers, des cercles de crasse entourent les poignées de porte et indiquent les interrupteurs. L'ascenseur sent le poulailler, et, quand il pleut, le chien mouillé. Des images sont gravées dans la peinture des parois, maladroites et énormes. En bas, les papiers et les feuilles volent partout, finissent dans les coins. Les portes du local des poubelles ne sont jamais fermées. Bâillantes et fatiguées, les boîtes à lettre rejettent par terre les prospectus dont on les gave.

Chez Renate, c'est impeccable, au contraire. Elle astique énormément. Le Gerflex brille comme un parquet. Un parfum est partout, de savon, de fraise, de belle jeune fille. Renate est assise devant moi. L'accordéon me cache tout son buste mais j'ai tout son regard. La belle jeune fille au visage de madone me fait un clin d'œil et elle attaque « Avec les anges », ma chanson préférée.

« On est protégé par Paris ». Quelles belles paroles ! Oui ! Oui, mais dans les banlieues, nous autres ? Est-ce que Paris nous protège aussi ?

- Van-Van ?

Renate crie mon nom par-dessus sa musique :

- Ce que j'ai pu m'emmerder pour l'apprendre, ce morceau !

Je lui réponds en criant aussi :

- Mais où est-ce que tu as pris cet accent ?

Renate baisse ses yeux sur les claviers, tire un grand bruit de l'instrument et hurle, comme à la mer :

- Qu'est-ce que tu crois ?

Les bras ouverts en ailes d'avion et les yeux au plafond, Olga, nue sur le lit, demande : « C'était bien ? » Li-Masson vient d'atterrir. Il semble encore songeur comme le passager d'un long vol où la nuit et le jour se sont succédé aux hublots. Il reste silencieux. Olga n'insiste pas. Elle n'avait pas besoin d'une réponse. Ce n'était pas la vraie question. La vraie question, Olga se demande chaque fois si elle aura le courage de la poser à l'homme qu'elle vient d'éblouir par ses audaces. Et elle ne l'a pas.

C'est peut-être pourquoi elle fait des heureux si souvent et avec tant de détermination. D'un transport à l'autre, d'escale en escale, Olga cherche une indication et ne la trouve pas. Elle se reproche sa timidité. C'est trop bête de n'avoir peur de rien ni de personne au lit et de ne pas savoir poser, le moment venu, une question qui n'engage plus à rien.

Mais il s'agit d'une question qui n'est pas ordinaire. En se livrant, Olga redoute de paraître idiote ou dénaturée. Cet homme-ci doit avoir de l'esprit et devrait pouvoir montrer de la reconnaissance. Saurait-il donc répondre ? Comprendrait-il, au moins ?

Dans le silence qui suit les grandes émotions ou qui révèle les grands épuisements, Olga suppute ses chances une nouvelle fois. Les yeux au ciel, détachée de son corps qui constitue pourtant toute l'affaire, elle plane dans l'espérance, moteurs coupés. Ce qu'elle rêve de faire, est-ce vraiment réalisable ? Il faut à tout prix qu'elle sache. Cette fois ! se dit-elle. Et elle pique, tendue, le regard soudain plus grand que nature :

- Jeannot-Rêvé ?

Il ne répond pas. Il faut pourtant que je sache. J'insiste donc :

- Milan ? Un livre ensemble. Ce serait chouette, non ?

Il a du mal à sortir de son silence. Ma proposition semble l'avoir paralysé. Ce n'était pas celle qu'il attendait. J'hésite toujours. Ses mains elles-mêmes ne savent plus tout à coup et je ne peux pas supporter cette impression, l'idée d'une stupidité chez Milan, de la bêtise entre nous. Je les prends dans les miennes et les porte à mon cœur, ou presque. Le geste est nouveau. Milan tressaille. Un courant court ses doigts. Il ouvre la bouche, dit seulement :

- Mais je ne suis pas prêt !

Et c'est raté ! Quelle cruauté pour tout le monde, que je ne sache pas vivre ! Je voulais me montrer particulièrement gentille avec Milan. Un sentiment de complicité m'y poussait à la pensée de notre œuvre commune, d'un secret plein de fécondité. Et plus forte que la joie née de mon geste, une gêne gâche son plaisir. Mon dieu, que je suis bête ! J'aurais dû la lui poser à froid, sans élan, du bout des lèvres. Il ne faut pas mêler les émotions contraires. Je suis navrée. Il ne me reste que les mots. Allez, crétine :

- Mais, Milan, qu'est-ce que ça veut dire : « pas prêt ? » Je ne te demande pas de courir un cent mètres !

Qu'est-ce qu'il peut répondre ? Il voit bien qu'elle n'est pas normale, cette fille qui gigote devant lui. Non, il ne faut pas être normal pour s'exciter comme ça, simplement sur un prénom raccourci pour faire américain. Le pâle jeune homme voudrait pourtant bien profiter de l'occasion. Elle le tente, cette cinglée, avec sa poitrine abondante qu'elle remue beaucoup. Il aimerait bien arrêter dans ses mains cette belle poitrine. Mais comment s'y prendre pour partir d'ici, d'abord ? Elle l'a déjà assez fait remarquer par les passants avec ses airs extasiés et ses trémoussements.

Qu'est-ce qu'il pourrait lui dire pour qu'ils puissent s'en aller ? Elle est là comme collée à lui, offerte, bouche bée, ravie, avec des yeux énormes, brillants, trop proches. Il n'en demandait pas tant.

- Ben, oui, finit-il par dire, à bout de réflexion et de patience, c'est Al pour les copains, Albert, quoi, vous pigez ?

Armelle, qui traverse cette place depuis des années, se contente de rappeler sur le ton le plus neutre : « On y voyait déjà très bien avant ces nouveaux réverbères ». Marie-Rose rejette l'objection :

- Et le progrès, alors ? On y a droit !

Le mot est asséné. Droit, l'autre façon de verrouiller les bouches. Trop belge, sans doute, Armelle ignore ou néglige cette règle et continue, toujours placidement :

- En somme, ils ont mis des lumières là où il y en avait déjà.

Sa voix est d'une égalité suspecte. Il est facile de deviner ses pensées quand on sait où Armelle habite. Sa rue offre un spectacle désolant. Étroite et méchamment pavée, elle se termine par un coude devant un pavillon en ruines où campent des clochards, tandis que de l'autre côté de la maison d'Armelle, là où le trottoir est en terre battue, un mur de briques garni de fils électrifiés la sépare d'un grand dépôt d'essence.

Le pire, c'est la nuit. Trois ampoules se partagent la tâche et n'arrivent naturellement à rien. Résultat : cette rue peu habitée, déserte et déjà lugubre le jour, devient sinistre avec le soir et on a peur. Inutile d'essayer de montrer à Marie-Rose l'injustice du contraste. On connaît la puissance du dogme qui la protège de l'horreur reptilienne du doute. Mais Armelle est jeune aussi. Elle ne peut donc pas se résigner à tous les silences. Alors, engageante :

- Et naturellement, il a fallu que la mairie paye tout toute seule?

Pour faire triompher sa cause, M'Bo rejette le recours à l'attentat. C'est une bonne idée. Ce refus se justifie d'autant plus qu'il ne s'agit pas pour lui d'une lutte contre une classe sociale seulement. Assassiner périodiquement un ou deux patrons pour abattre le capitalisme ne peut paraître judicieux qu'à de jeunes bourgeois en mal de sang.

M'Bo pense plus raisonnablement les termes de son combat car il le veut plus efficace, le sachant plus vaste. C'est l'homme blanc en général, donc l'Occident en particulier.

Inutile dans ces conditions d'envisager des attentats, même collectifs. Éliminer ici ou là une certaine quantité de Blancs, sans distinction sociale car ils sont tous racistes, n'avancerait à rien. Les survivants resteraient blancs et davantage encore puisque la peur les fait pâlir, et leurs enfants continueraient de naître avec la même étonnante assurance de leur supériorité et la même anormale innocence qui font tout le problème.

M'Bo a donc trouvé mieux. Il a trouvé l'arme absolue. L'arme absolue, c'est le nombre. Personne ne peut rien contre lui. Qui arrêterait, par exemple, 900 millions d'Indiens s'ils se mettaient en marche ? Ou un milliard de Chinois s'ils voulaient voir le monde ? Des bombes atomiques ? Mais combien en faudrait-il pour venir à bout de tant de gens en mouvement sur tant d'espace ? Et à partir de quelle quantité de réactions nucléaires, la planète risquerait-elle d'être perdue tout entière et pour tout le monde ? L'incroyable puissance de résignation qui fait aussi partie de l'homme est une bénédiction de plus pour les privilégiés. Sans elle, il y a longtemps que les affamés nous auraient consommés.

Mais M'Bo est un garçon parfaitement conscient, adulte et responsable. Il sait éviter les visions d'Apocalypse gratuites et les remarques à prétention philosophique. Il se contente de voir ce qui se passe autour de lui et autour de Paris. Le réservoir africain et la fécondité noire suffisent.

Ils ont fini par tomber dans les coussins. Ils les ont écrasés et les ont oubliés. Toujours, le temps leur manque. Il leur coupe leurs phrases, les laissant abandonnées dans l'air, prometteuses et pourtant sans substance comme un parfum de femme dans le vide des rues. Il leur dérobe même leur véritable dernier baiser, l'ultime n'ayant jamais le loisir d'être suivi d'un autre.

Armelle se reprend la première, rabat sa jupe, le visage sévère. Elle semble outrée. Elle est outrée. « Très cher ! Vous me basculez sur les coins du sofa ! » Puis, ses yeux mesurent la distance parcourue par leur corps : « Oh ! – s'écrie-t-elle, ravie tout à coup – nous sommes partis de là, de cette extrémité et nous sommes arrivés ici, à l'autre ! » Elle paraît flattée. Elle écoute ensuite un compliment sur son air apaisé et heureux, l'enregistre sans réaction apparente, finit de se rajuster puis diagnostique : « L'orgasme épanouit ».

Mohand à Bachir : « Toutes ».

Ce que je crois ? J'aimerais en être toujours sûre. Je ne peux donc rien répondre à Renate qui n'avait d'ailleurs pas vraiment posé une question. Je me lève et vais à la fenêtre. Renate me suit. Nos fronts s'appuient en même temps à la vitre. Il y a un grand chêne devant la maison. Il monte presque jusqu'à nous, au dixième étage. Des palombes le visitent. C'est bien la preuve que certains de ces migrateurs passent toute l'année ici. Je mets mon bras autour des épaules de Renate :

- Tu aimes les oiseaux ?

Renate me regarde. Elle ne s'est jamais posé cette question. Quelle vie faudrait-il pour se poser toutes les questions ? Et même si on se limitait aux questions capitales comme celle de savoir si on aime les oiseaux de Paris ? Mais vivre, consentir à l'existence, à la sienne comme à celle des autres et de toutes les choses, c'est peut-être suffisamment répondre ?

- Je ne sais pas, avoue Renate. Mais j'aime Paris. C'est à la rue Lepic que j'ai pris cet accent, si tu veux tout savoir. J'ai habité chez des charcutiers. J'aidais à nettoyer.

Je devine que ces gestes, ces soins lui ont plu.

Je sens aussi que lorsque Renate dit : « Paris », elle aimerait mieux dire : « Berlin ». Le Berlin d'avant la guerre, qu'elle n'a pas plus connu que celui d'aujourd'hui. Je serais étonnée si elle ne trouvait pas l'occasion d'en parler.

- Renate ? Tu n'as jamais pensé écrire un livre ?

C'est encore une question qui ne lui est pas venue à l'esprit :

- Écrire ? Mais… Pourquoi ?

Comme si on pouvait répondre ! Je préfère la laisser continuer, gardant les yeux sur les oiseaux. Et Renate poursuit, en effet. Elle met même dans son esprit un point final à cette affaire sans intérêt :

- Si tu fais vraiment quelque chose, tu n'as pas le temps ni l'envie d'écrire, non ? Et si tu ne fais rien de bien, alors, il vaut mieux la boucler.

Cette évidence m'enthousiasme. Comme elle a raison, cette petite jeune fille ! Oui, c'est elle qui est dans le vrai, plutôt qu'Armelle. Oh ! Comme on peut se tromper ! Et comme je peux changer d'avis ! Je ne sais plus. Où est la vérité ? Chez les deux, probablement. Tout le monde a toujours raison à mes yeux, sauf moi.

- Mais tout de même, Renate ? Un petit livre ? Ce n'est pas tout à fait rien, ni tout à fait mal, non ? Tu crois qu'il n'y a pas des choses à dire ?

Elle me regarde avec tristesse, ce qui lui est difficile :

- À rappeler, en tout cas…

Elle n'est plus si hostile. Le passé qui la tourmente la tente aussi. Je l'encourage :

- Vi ?

- C'est sûr que si je devais faire un livre, j'aurais déjà le titre.

- C'est un début ! Lequel ?

- « Berlin reste Berlin ».

Là !

Elle répète : « Jeannot-Rêvé ? »

C'est le nom qu'Olga a donné au libidineux Li-Masson pour oublier l'autre. Il se veut peut-être mignon. Il est grotesque à souhait.

Jeannot-Rêvé, est-ce que tu crois qu'on peut tenir très longtemps ?

Intelligent mais vanné, son compagnon ne comprend pas cette question. Un soupçon, toutefois, l'incite à rester muet. Olga s'explique plus clairement :

- Je veux dire, tenir comme nous tout à l'heure. Combien de temps tu crois qu'on peut rester, tout en faisant naturellement tout ce qu'il faut ?

L'intrépide Li-Masson voit ses craintes fondées. Il fait un mouvement comme pour s'échapper :

- Tu veux dire : en b... ?

Le mot semble l'effrayer autant que l'ambition. Olga, très satisfaite de ce début de dialogue, essaie d'être encore plus précise sans l'effaroucher davantage :

- Bien sûr, Jeannot-Rêvé, comme tu dis : en baisant, mais rassure-toi ! Ce ne serait pas avec toi si tu ne tiens pas à essayer !

La maladroite ! Elle va le vexer. Grand, blanc et parisien, œuvrant dans l'art et sur la rive gauche, cet homme à la gourmette sympathique ne peut se montrer en amour que l'étalon parfait. Il se vexe donc et répond durement :

- Mais tu es folle !

Et c'est fini. L'infect Li-Masson a découragé Olga sans même vouloir savoir ce qu'elle avait exactement en tête.

- Non, dit Milan, tu ne m'as pas compris.

Son ton est celui de la défense. Je m'en veux d'avoir paru agressive. Une voix douce, un sourire des yeux me rachèteront-ils ? J'essaie :

- D'accord, Milan, mais si tu m'expliques, ça va être très clair.

Il se détend :

- Je voulais seulement dire : pas prêt pour un livre magique.

- Un livre magique? Oh! Milan...!

- Mais qu'est-ce qu'il y a, Néfra? Tu crois que ça m'amuserait d'écrire des histoires de cul?

- Non, je ne le crois pas. Il a trop de plaisir à les vivre. Mais ce que je viens d'entendre me déconcerte. Un livre magique... C'est trop impressionnant. Je me demande s'il est utile de continuer. D'ailleurs, je ne peux pas. Cette ambition, même ajournée, m'a médusée. Je reste sans esprit. Une espèce de point d'interrogation flasque s'affaisse dans ma tête.

Milan vient à mon aide :

- C'est le genre de livre qu'on trouvait communément en Égypte, ni plus ni moins, tu sais.

- Je l'apprends.

- Et qu'est-ce qu'il faut faire, Milan, pour y arriver? Je veux dire : de quoi ça parlait exactement, ce genre de bouquin?

- De recettes, voyons! De formules, si tu préfères, qui permettaient d'obtenir les résultats souhaités. Comment éviter les morsures de serpent, par exemple.

Il m'affole. Je crie :

- Et c'est un livre comme ça que tu voudrais qu'on fasse?

- Parce que tu sais en faire un autrement, toi?

- Milan? Si on parlait de Houps', alors?

C'est sa princesse. Imaginaire, elle constitue l'héroïne idéale. Elle autorise toutes les inventions, elle les nécessite. Je le dis à Milan, pensant l'encourager. Mais ce garçon est le plus honnête des apprentis mages :

- C'est peut-être plus difficile de créer un personnage que d'éviter un naja.

- Ça dépend de la grandeur du personnage!

- Ou de celle du naja...

Je ne sais plus. Tout m'irrite soudain. Je n'arriverai à rien de cette façon. Un désespoir me prend. Et pourtant, c'est Milan, mon cher petit Vizir ! C'est pourtant avec lui que j'espérais que ce serait le plus facile, le plus agréable aussi ! Je me trompe trop souvent. C'est enrageant. Est-ce que je ne réfléchis pas assez ?

- Milan ? Qu'est ce qu'on fait, alors, nous deux ?

Non, je ne réfléchis pas encore assez. C'était la seule question qu'il ne fallait pas lui poser. Il m'y répond des yeux, trop bien…

Albert ? Le prénom ? Ô douleur ! Ô désastre naval ! Ô catastrophe universelle ! Marine reçoit la salve de plein fouet. Toute sa coque tremble. Sous le choc, ses seins se soulèvent puis s'affaissent. Ses yeux cillent devant les flammes. Une fumée âcre l'enveloppe. Elle attaque et dessèche sa gorge. Marine suffoque, sifflet coupé ! Tumulte horrible, habituel. Klaxons. Sirènes. Une cloche électrise des nerfs. Quelques sentiments se débattent, se heurtent, renoncent. Des gargouillis. Puis, le silence d'une immersion sans appel.

C'est Trafalgar, Tsushima, l'Armada, invincible et vaincue. Marine ferme écoutilles et hublots, se verrouille à l'intérieur de son refuge. Ne plus rien voir, ne plus rien entendre ni subir de l'extérieur, de la surface hostile de la vie. Ce garçon ! Ce faux marin ! Ce tricheur, comme il l'a agressée ! Dire qu'elle avait déjà imaginé toute une histoire à deux, une fête de l'eau, des voiles, des manœuvres glissantes, quelque chose de lisse et de brillant avec des profondeurs.

Marine préfère donc se saborder une nouvelle fois. Elle sombre, elle s'enfonce mais, du moins, seule, débarrassée des saletés, des misères qui souillent le dessus des eaux. Elle va vers son père. Et avec elle sombrent et descendent aussi toutes les marines du monde, puissantes flottes que les siècles ont envoyées par le fond, d'un océan à l'autre, à coups d'éperons, de boulets, d'obus et de torpilles.

Un sourire vient nager sur sa bouche : le submersible apparaît, toujours aussi neuf, très matériel, technique. C'est celui de son père.

Ce sous-marinier avait tout prévu pour sa fille. Devenu français, prononçant son nom à la française, il avait commencé par l'appeler Marine pour l'amour de la Royale à laquelle il appartenait. Il avait ensuite fait connaître son vœu : le garçon qui l'épouserait se nommerait Halle ou Nalle afin que, réunis, les trois noms de sa fille puissent former à l'oreille cet ensemble qui le réjouissait : Marine Nacion-Nalle.

Dans cette famille, on ne discutait pas à bord. Marine prit ce vœu pour une obligation. Quand le sous-marin du père ne remonta pas d'un exercice de plongée, la fille fit de cette contrainte un choix et se mit à chercher l'autre partie d'elle-même.

L'esprit ployé par le chagrin, par les images de cette agonie, Marine a dû penser que sans ce complément personne ne pourrait jamais vraiment l'appeler, la reconnaître. Milan me l'a dit à propos de ses chers Égyptiens : désigner un être par son nom constituait aux yeux de nos prédécesseurs un acte de magie apte à faire apparaître cet être et à le rendre réel, totalement lui-même.

Dans son dérangement, Marine a-t-elle retrouvé les croyances, l'espoir des premiers temps ? Sage à l'ancienne ou folle d'aujourd'hui, toujours est-il qu'elle cherche encore, passant sa vie dehors, croisant au large, les yeux sur l'horizon, un sifflement aux lèvres. Les Messieurs Nalle ou Halle ne courent pas les mers.

- C'é- une honte, non ?

Armelle le pense aussi mais à propos de la municipalité qui a tendu la main. À quoi servirait un budget communal s'il n'assurait pas les dépenses décidées par la ville ?

- Oui, répond Armelle, faisant la liaison, c'est une honte… générale !

C'est une règle générale. Personne ne peut rien contre le nombre car cette notion de quantité est toujours subjective.

Pédant et satisfait, M'Bo l'assure à ceux qui recueillent ses paroles. Il éprouve un bonheur devant cet auditoire. Jeune, africain, inscrit en faculté, il dénonce le présent, annonce l'avenir. Forcément, on l'écoute. Qui ? Les journalistes qui, habitant dans les meilleurs quartiers et voulant à tout prix une bonne conscience, rendent mauvaise celle de leurs lecteurs. M'Bo continue donc :

- Chacun définit pour lui-même, en tout domaine, le seuil qu'il ne franchira pas. Tout le monde ne peut pas assumer le même poids de responsabilités. Il y a les ministres mais, naturellement, il y a aussi les huissiers. Ou la même charge émotive : une femme aura peur d'une souris, par exemple. Combien de rats faudrait-il pour effrayer un homme ?

Une journaliste, aussi à l'aise dans ses vêtements masculins que dans son féminisme, remarque la désobligeance de la comparaison. Elle avait déjà relevé le dédain contenu dans l'autre opposition entre hauts responsables et modestes employés. Mépris inconscient, note-t-elle, lucide, sans ajouter toutefois : la pire forme du mépris, la plus générale, celle qui n'a pas de couleur. Mais elle est journaliste. Elle gomme donc chez M'Bo un orgueil si peu démocratique bien que largement répandu. Comment ferait-on l'article contre le racisme pour réclamer l'égalité des races, si on commençait par constater qu'un Noir vaut un Blanc dans son indifférence envers les défavorisés et dans sa fatuité envers les faibles femmes ?

Et M'Bo continue :

- Or, les Blancs sont ainsi faits, ainsi mal faits, qu'ils s'écartent des Noirs dès que ceux-ci atteignent un certain nombre. Ce seuil constitue une faiblesse et cette faiblesse est exploitable. Si les Noirs veulent obtenir droit de cité, il leur suffit de parvenir à ce nombre dans la ville. Et c'est d'autant plus facile que tout les y engage.

D'abord, les Blancs refusent de plus en plus les tâches qui déshonorent la condition humaine – la condition humaine de l'Occident, bien entendu. Ils préfèrent le chômage aux travaux du manœuvre car il est moins pénible de tendre une main vers les indemnités que tous ses muscles sur la pelle ou la pioche. Et, ensuite, le gouvernement nous aide. Il favorise notre multiplication. Chaque jour, il permet à de nouveaux arrivants de s'installer. Les familles se complètent puis se développent ; les ethnies se regroupent. Les traditions sont renouées. La vie commence. Les Blancs s'éloignent donc. Ils vont ailleurs. Leurs mouvements provoquent des difficultés. Ils posent un problème.

Notre nombre ne cesse de grandir. Enfants après enfants, immigrants après immigrants, les banlieues Nord seront bientôt les premières à être intégralement noires. Déjà, une des lignes de métro qui les desservent ne transporte plus qu'une minorité de Blancs dans laquelle, du reste, figure un bon nombre d'Arabes.

Alors, oui, on verra que nous existons. On comprendra qu'il faut penser à nous, tenir compte de nous, ne rien faire sans nous. Et ce sera justice, n'est-ce pas ? Car nous sommes déjà dans les usines des Blancs, dans leurs mines, sur leurs chantiers, derrière les bennes de leurs ordures. Pourquoi n'accéderions-nous pas à leurs demeures, à leurs cœurs ?

Et M'Bo continuerait si besoin était. Mais ceux qui l'entourent sont convaincus. Ils l'étaient d'avance. Ayant tout, à manger à gogo, des remèdes à l'excès, de l'argent et surtout un passé national, ils ont donc honte aussi. Alors, demain,

demain, leurs articles dénonceront une nouvelle fois le dénuement de ces nouveaux esclaves que les patrons, État compris, jugent désormais moins coûteux d'exploiter en France même. Ils condamneront ce néo-colonialisme, parleront de la misère physique de ce sous-prolétariat, victime et complice à la fois, de son désespoir, de sa déréliction, mot noble pour journaux respectables. Et ces repus finiront par gémir sur la faim dans le monde. Et puis, et puis, leur travail fait, leur conscience apaisée par l'infestation de celle des autres, bien installés chez eux, ils rentreront dans la vie parisienne, ce tourbillon qui danse sur des iniquités.

Le soleil traverse de nouveau le vitrail. Le regard d'Armelle s'illumine d'argent :

- Je vous aime, très cher ! Je vous aime !

Séraphins et cantates. Puis, petits rires d'Armelle, nets et durs comme des diamants :

- Très cher ! Savez-vous que mon mari a été très chou avec moi tout le week-end dernier ?

Bachir à Mohand : « Et on n'en a aucune… »

Un bon titre dit tout. Renate n'ajoute donc rien. Je me tais aussi, regardant toujours les palombes et le ciel. Il pleut. Il fait soleil. Un ange passe, mi-figue mi-raisin, écologique en somme. Je le reconnais. Il vient de chez Armelle.

- Van-Van ? Si on faisait un cake ?

La proposition me sauve d'un chagrin qui aurait été noir. Renate est la reine des cakes. Elle les réussit complètement. D'abord, ils sont aussi bons que tous ceux qu'on trouve à acheter et, surtout, les morceaux de fruits confits s'étagent à l'intérieur sur toute la hauteur des tranches, prouesse inaccessible à la plupart des amateurs.

- Tu vas m'apprendre ton secret?

Pour me sourire, Renate se contente de me montrer ses yeux :

- Tu vas voir, c'est simple! Les fruits trempent en permanence.

Une recette, alors. Je pourrais l'écrire. De toutes les formes de la littérature, la plus alimentaire?

Olga critique son Jeannot. C'est la première fois :

- Il n'est pas chic, quand même. Il aurait pu me laisser lui parler vraiment.

Je saute sur l'occasion :

- Dis-le à moi, ma grande !

Tentée, Olga m'adresse un sourire. Il est également nouveau.

- Mais, tu sais déjà tout ça, VAN-VAN.

- Ça ne fait rien ! Ça me plaît tellement !

C'est vrai. Son projet m'emballe. Il montre un goût pour l'héroïsme, un respect pour la chair, pour la vie et une générosité du cœur qui me paraissent inégalables et que je salue avec admiration. Ce qu'Olga rêve de faire, c'est tenir dans un lit sous un homme aussi longtemps qu'un aviateur ou une aviatrice des années trente savait tenir dans son appareil au-dessus de l'océan ou des déserts. On a vu des ambitions plus néfastes au genre humain.

Comme ces pilotes d'il y a quarante ans qui avaient tout à faire, Olga veut montrer son courage et sa passion à l'œuvre. Le domaine qu'elle a choisi est différent du leur mais à qui recherche du mérite, il exige la même vaillance. Tel est du moins l'avis d'Olga et c'est aussi mon opinion.

Comme il faut savoir aimer la vie et s'accepter soi-même pour avoir cette idée folle et grandiose de faire d'un plumard de banlieue un espace et un moment du globe, d'un corps vite rompu une mécanique sans défaillance et de gestes simplifiés par la fatigue une danse de plus en plus abstraite, une méditation à peine encore mobile !

Et tout ce jeu, cet envol vers on ne sait plus quoi au juste, simplement par envie d'action ou d'une élévation, pour la joie des muscles et des organes, toute morale en somme. Et par goût de l'amour, c'est-à-dire des autres. Physique et sainte Olga !

- Tu te rappelles, Van-Van, combien de temps Lindbergh a mis, de New York à Paris ?

Nous y voici. Pourtant, Olga ne semble pas vouloir répondre directement à ma prière. Ce détour est d'une volupté subtile. Je l'apprécie. Je veux le prolonger :

- J'ai oublié.

- Trente-trois heures et demie !

- Ah oui ! Ça me revient ! Rien qu'avec deux sandwichs !

- Les sandwichs, je m'en fous complètement, mais c'est l'exploit ! Trente-trois heures d'affilée, ça fait un jour entier et… combien d'heures, déjà ?… Neuf !

- Vi. Ou quatre nuits de suite. Il faut tenir, ma grande.

- C'est toute la question, figure-toi.

Une précision m'a toujours manqué. Elle touche, en quelque sorte, au secret professionnel. Aujourd'hui, j'ose la demander :

- Et dis, Olga ? Rien qu'avec un seul homme ou… plusieurs ?

Olga hésite, séduite par cette solution :

- Un équipage, hein ?

Comme c'est joliment dit ! Comme elle connaît bien son sujet, la garce, pour en parler si justement ! Entière et pure Olga, comme je t'envie ! Comme je voudrais être toi ! Si simple et si forte ! T'emprunter cette force, ce moteur qui t'emportera un jour n'importe où mais loin d'ici ! Oh ! Comme je voudrais m'en aller avec toi ! Envoie-moi loin d'ici, moi aussi, d'un coup d'aile, d'un baiser ! Envoie-moi où tu veux, vers l'Atlantique sud avec Mermoz ! Et par-dessus les Andes au Chili, avec Adrienne ! Ou vers le Pacifique ! Aux îles ! Vers ma mère.

Alors, parmi ces voix humaines, une autre se fait entendre :

- Ma fille ?

D'emblée, ce ton grondeur qui me consterne et me révolte chaque fois.

- Qu'est-ce qu'il y a ? Qu'est-ce que j'ai fait, encore ?

- Tu recommences. Tu dis encore ce qu'il ne faut pas.

Je crois savoir ce qu'elle condamne mais il n'est pas inutile de le lui faire préciser. Cette voix n'a jamais cessé de me réprimander. À mesure que je grandissais, tout en moi paraissait appeler ses reproches. Ils m'apportaient une blessure pour chaque défaillance qu'elle voulait flétrir. J'ai vécu et je demeure sous une accusation. La honte m'accompagne. Elle déforme bien des vues, souvent me paralyse, me jette quelquefois à des extrémités. Ainsi, cette autre erreur qui est de vivre mal de toutes les manières indique encore ma faute.

- Quoi, par exemple ?

- Toute cette Égypte, d'abord…

Elle attaque par le véniel. C'est donc qu'il y aura plus grave. Inutile de m'y préparer. Le moment venu, les émotions me trahiront comme d'habitude. Je dirai des bêtises. Je ne pourrai plus rien dire. Elle m'aura jugée et condamnée une nouvelle fois.

- Toute cette égyptolâtrie…

Ah non ! Je ne veux pas qu'elle touche à Milan, à un autre que moi. Ce ne serait plus du jeu.

- Oh non ! Pas l'Égypte ! Non ! Où vois-tu le mal, là ?

- Le verrais-tu ailleurs ? Tu ennuies le monde avec tes élucubrations. Elles n'intéressent personne.

- Elles passionnent Milan !

- Mais il n'existe pas, en somme.

Je pourrais sur ce point lui faire une dure réponse, c'est-à-dire la même. Elle nous anéantirait. Mes lèvres ne la prononceront donc jamais. Leur dernier souffle, au contraire, lui dira : « Tu m'as beaucoup meurtrie. Maintenant, je viens à toi parce que c'est de l'amour que j'ai toujours essayé de reconnaître dans tes réquisitoires. Garde-moi désormais sans parler, dans un acquiescement ».

- Et le communisme, pourquoi en dire tout ce mal ?

- Je l'ai en horreur.

- C'est de l'anticommunisme.

- Naturellement. C'est bien contre lui que je m'élève quand je vois l'abêtissement qu'il pratique et la monstruosité de la tromperie soviétique.

- De l'anticommunisme primaire.

- Et même supérieur, si je peux ! Sidéral ! Galactique ! Universel ! Et encore plus !

- Tu as tort d'en plaisanter par écrit, ne touche pas aux communistes.

- Mais c'est eux qui m'agressent ! On n'est jamais tranquille ici ! Toujours sollicité, au contraire ! Ils sont partout ! Sur le palier ! Toc ! Toc ! À la porte d'entrée ! Au marché ! Au tabac ! Au café ! Réunions ! Pétitions ! Délégations ! Acclamations ! Et toutes ces affiches ! Ah ! Le beau paysage qu'elles forment ! À cacher les maisons ! Le même paysage partout ! Le même tout le temps ! Pas de saisons, jamais ! « Mauvais fixe » assuré ! D'une élection à l'autre, mêmes mots, mêmes trucs, même mépris pour les mêmes imbéciles ! Le matraquage, grossier, direct, mécanique, comme à l'usine en somme ! Le meilleur, donc ! Ça marche ! Ça fonctionne ! On adhère ! On abandonne ! Machinal ! L'esprit traqué, forcé et fatigué de lire tant de mensonges !

- Garde tes révoltes pour toi, alors. Déménage. Va t'installer ailleurs.

- Et avec quel argent ?

- Débrouille-toi. On n'écrit pas du mal des communistes.

- Mais pourquoi, nom de dieu ? Ça se mérite, le respect. Voilà ce que je dis. Je peux encore le dire ?

- Tu ne veux vraiment pas jouer le jeu. C'est à eux de critiquer, de condamner, de jeter l'anathème.

- Mais je ne suis pas évêque, moi ! Je ne pratique aucun chantage, moi ! Je ne damne personne ! Je crache mon dégoût sur des méthodes et sur leur résultat. C'est interdit ? Dis-le-moi, si c'est interdit !

- Ça ne se fait pas, voilà tout. Il existe des pratiques comme il existe des prudences. Et puis, il y a soixante-dix ans que les communistes se sont installés dans la négation. Ne les bouscule pas. Personne ne le fait vraiment. En vieillissant, on tient davantage à ses habitudes, à son confort. Et toi, tu viens de ta banlieue crier sous les fenêtres de leur club, tu remues leurs fauteuils, tu compromets leurs ronronnements. Non, ma fille.

Elle me flatte. Elle se trompe. Je n'ai pas le pouvoir de déranger un ordre. Je n'en ressens plus le désir. J'ai déjà renoncé à transformer le monde, gardant de cette première forme d'adieu une oisiveté du cœur qui encombre mes jours. Simplement, je ne veux pas qu'on me prenne pour l'idiote voulue, pour la conne évangélisable. Moi aussi, je sais protester. Moi aussi, j'ai le droit de crier. Car moi aussi, j'existe, travaille et peine pour ce que j'ai tout en rêvant à des inaccessibles. Moi aussi, je suis dans le siècle, immergée parmi les autres naufragés. Et moi aussi, je pourrais avoir un chien pour emmerder le monde.

Mais la voix continue :

- Vue de l'esprit, ma fille.

- Vue des banlieues, plus simplement.

La voix se tait. Ce silence n'est pas une victoire. J'insiste donc :

- Tu ne me crois pas ?

Silence encore.

- M'as-tu vu faire une mauvaise action ?

Elle rompt un combat qui n'a pas commencé. Aucun verdict ne tombe. Conclusion inhabituelle. Simplement, un dernier conseil, comme en partant, et comme par acquit de conscience :

- Évite de dire ce genre de choses. De toute façon, c'est une imprudence.

Je m'en tire à bon compte. Elle aurait pu être cruelle. C'était le sujet idéal. Pourquoi cette clémence, alors ? Elle m'étonne. Elle m'intrigue. Il faut que j'en comprenne les raisons, pour éviter l'erreur de l'espérer une prochaine fois. Chercher... À moins que... oui, à moins qu'elle soit naturelle, au contraire ? Un grand amour venu de loin me pousse vers elle avant qu'elle ne disparaisse peut-être pour longtemps, trop longtemps.

- Dis, Voix ? Est-ce que j'ai raison de vouloir faire un livre ?

J'avais eu confiance, un élan. J'entends ces mots :

- Demande à Li-Masson.

C'est l'outrage absolu.

- Allez ! Dis-je, de l'action ! De l'action ! Encore et toujours plus, jusqu'à l'éblouissement. Et sans attendre davantage :

- M'Bo, on va tous faire un livre ensemble. Tu y participes ?

Sa surprise n'est pas feinte :

- Ah ? Ce livre ? On en parle encore ? Je croyais le projet enterré !

- Meunon. Tu es d'accord, aussi ?

- Tu sais ce que je pense.

- De la France ?

- De tout. Vous l'écrirez ?

- On doit pouvoir tout dire. Il faut justement qu'on en parle entre nous pour décider des sujets.

- Il n'y en a qu'un, c'est l'injustice mondiale. C'est la misère du Tiers-Monde. C'est que l'Afrique crève et qu'ici, on s'empiffre.

La vérité même.

Une autre vérité me tourmente également : cette interruption que M'Bo évoque d'entrée. Inutile d'essayer d'enchaîner avec naturel, par conséquent. Quelqu'un sera toujours là, comme lui, pour la rappeler. C'est le doigt sur la plaie.

Le cœur y était. Il n'y est plus. Tout change.

Tout reste pareil, pourtant. La Courneuve n'a pas vieilli d'une seconde. Les pots d'échappement abandonnés, les matelas abandonnés, les chiens abandonnés sont toujours là, d'un trottoir l'autre, comme hier. Présentes, aussi, les fleurs entre les chaussées, utiles, inaperçues.

Et toutes les misères venues ici s'expatrier, s'aggraver, aussi vaillantes mais aussi résignées. Et, plus loin, vers Saint-Denis, vers les mouettes, la Seine, élégante et mince malgré l'âge, belle onduleuse qui arrondit ses bras autour de Paris dans un geste qu'on voudrait éternel.

J'allais souvent la voir. À pied, c'est une trotte. Une puissance me poussait, le vent du large, je crois. Elle me prenait en route, ne me quittait plus, m'aidait toujours plus vive. En approchant, je courais presque. Et, arrivée avant même le quai, c'était plus fort que moi, je levais les bras, mon cœur poussait un cri.

Tout était là, la France, son histoire à jamais terminée et, au bout de cet écoulement, la mer, les océans, le monde dans sa réalité où les disparus sont tellement plus nombreux que nous autres.

Un jour, Marine est venue vers moi. J'aime ce qu'il y a de magique en elle, sa foi dans les mots, dans leur évocation. J'aime aussi ses trois gouttes de sang. Ai-je bien dit que cette rousse est une fille magnifique? Son éclat rayonne comme un soleil dans la fumée d'un incendie. Il paraît, et dans cette lumière nouvelle, différente, dans ce jour inquiétant qui se lève autour d'elle, tout s'enflamme d'un coup.

- Hé, col bleu? Tu m'accompagnes voir la Seine?

Marine a modulé une acceptation si musicale que j'ai regretté de ne pas être un merle dans la haie qui l'abrite, où l'attend sa compagne. La malchance a voulu que nous tombions sur un jour de circulation fluviale intense. C'était pourtant un dimanche matin. Une fête de la batellerie, peut-être? Ou la fin d'une grève à Conflans?

Toujours est-il que les péniches et les pousseurs se suivaient, se croisaient, se dépassaient, saluant, sifflant, jouant un petit air dans les éclaboussures. C'était gai. Cette animation a fasciné Marine.

Elle l'a fascinée sans la paralyser. Dès les premiers appels qui nous étaient parvenus dans les rues, Marine avait filé vers le pont. Quand je l'ai rejointe, elle était déjà au contact des flottilles. De la rambarde, elle communiquait avec les mariniers, avec les marinières.

Aux uns, le buste avantageux, elle faisait le salut militaire, aux autres elle envoyait des baisers, montrant à tout le monde ses jambes sous la jupe courte qui constitue ordinairement sa tenue d'abordage. Les réponses qu'elle obtenait étaient celles qu'on pouvait lui faire dans tous ces mouvements du fleuve, dans cette agitation. Un signe de la main, pour les capitaines, s'ils l'avaient aperçue, leur visage une seconde rapproché de la vitre. Des épouses debout vers l'arrière, un torchon, un balai ou un tuyau à la main, montaient une attention moins brève, un sourire, parfois lointain à peine né, ou un regard pensif qui ne la quittait plus, comme oublié sur elle.

Soudain, très proche, un coup de sirène semblait fuser spécialement pour la rousse qui se penchait et remuait beaucoup. Au même instant, un coup de vent soulevait davantage sa jupe. Émouvantes, des cuisses apparaissaient, captaient les yeux des équipages sur le fleuve, des automobilistes sur le pont et des mouettes dans le ciel.

Alors, le dialogue devint général et naturel grâce au vent, aux oiseaux.

Et Marine se mit à siffler. Et tous, alors, nous descendîmes, bras levés, héroïques. Et nous les vîmes tous, galions barbus de mousses, destroyers chargés d'algues, galères aux côtes nues. Et tous les océans gonflèrent comme dans un soupir. Tous les marins de ce monde des fosses et des fonds soufflèrent entre leurs dents. Je les entends encore. Ils sifflaient avec Marine et comme elle, mais pour d'autres raisons. Des raisons de marins. Ils sifflaient, je les entendais bien, pour les jambes de la folle, pour les baisers et les saluts qu'elle adressait au monde, et pour la vie qui l'animait, sans esprit ni espoir sans doute, mais non sans énergie et tout est là, peut-être.

Puis, Marine a voulu descendre sur le quai. Elle a sauté les marches de l'escalier deux par deux, moi aussi, s'est arrêtée juste au bord, jambes écartées, mains aux hanches, moi derrière. « Saute, pauvre folle ai-je pensé – et il ne me restera de toi qu'un morceau de jupe entre les doigts comme dans les films comiques. »

Nous nous sommes penchées ensemble pour voir l'eau à nos pieds. Contre le mur, la surface était couverte d'une couche de détritus qui faisait comme un sol ondulant. Des bouteilles ne s'y enfonçaient pas. « Et nous, nous porterait-il ? » me suis-je demandé, en espérant que cette pensée inutile ne viendrait pas à Marine.

C'est une inquiétude qui l'a prise :

- Dis, ce ne sont pas franchement des matelots, pas vrai ?

Que répondre ? La vérité ou une complaisance ? Mais quelle est la vérité de ces navigateurs dont les yeux restent fixés aux rives ? Et qui peut être sûr de la réponse qu'attend vraiment un questionneur ? J'ai donc hasardé un « pas trop, mais tout de même… » qui m'a déplu sans réserve et que Marine n'a pas entendu.

Elle venait de se mettre à chanter, avançant le long du quai un pied bien devant l'autre, les mains dans le dos, chaloupant des épaules. Une belle chanson que sa voix fausse estropiait, rendait plus touchante :

« La nuit s'est faite, la berge s'estompe et se perd… » et quelque chose de noir est entré en moi.

« un bal musette, une auberge ouvrent leurs yeux verts… » et dans cette obscurité où sombrait la joie du dimanche matin sur un quai de la Seine, j'ai pensé à une autre chanson qu'on dirait écrite pour Marine : « Bleus ou bien verts, tes yeux lumineux sont si clairs… » et parce que cette chanson d'amour est faite d'un bonheur, d'une gaieté que je ne connais pas, j'ai eu envie de me perdre à mon tour dans cette lumière dissolvante.

Finir ainsi, saisie, fondue dans le regard vague d'une sorte de folle. M'engager les yeux bien ouverts dans ce vide qui n'est pas soutenable, dans ce paysage sans appuis, sans fond ni parois, simplement composé de transparences successives, dans ce milieu marin où la matière n'est d'abord qu'une idée floue entre bien d'autres rêves, quelque chose de pâle parmi d'autres blancheurs. J'ai tout perdu d'entrée de jeu, ma mère et mon estime, et les enfants se perdent eux-mêmes en trois gouttes de sang.

« Le Chaland glisse sans trêve sur l'eau de satin… » Et si je me trompais ? Si c'était cette chair d'abricot, ce velours parfumé de la chair d'une rousse, plutôt que celle d'Olga, qui devait, malgré moi, faire mon bonheur ? Aurais-je le sentiment de trahir, d'abandonner l'amie, la petite écolière un peu trop délurée que j'ai essayé de consoler en l'appelant « ma grande » lorsqu'elle a constaté que je poussais plus vite qu'elle ?

Olga représente tout à mes yeux. Splendeur de la réalité, elle apporte une grande promesse et peut-être la religion finale. Elle est, comme l'énonce Milan lorsqu'il traduit avec solennité le nom de la plus célèbre des Égyptiennes, « l'avènement de la beauté sur terre ». Je la rencontre donc partout et dans toutes les femmes, dans ce que chacune montre de charme, de séduction, de pouvoir de tendresse. Et j'accueille cette promesse, cette foi, une jubilation dans l'âme.

Mais aussi avec une émotion au cœur, car l'écolière, devenant cette gloire, devenait aussi la jeune fille, la jeune femme dont la poitrine moulait exactement l'image que je me suis toujours faite de celle de ma mère. Cette longue, longue et si jeune mère avec ses grands pieds, ses grandes mains et sa fragilité, dont la mort à vingt ans fait d'elle à jamais ma cadette.

« Sur mon chaland, sautant d'un quai,
l'amour peut-être s'est embarqué… »

Qu'il saute d'où il veut, pourvu qu'il arrive. Il arrive, un peu essoufflé, en retard, mais enfin, il est là et, alors, tout commence.

Marine s'est arrêtée de chanter. Elle a tourné le dos au fleuve, aux robustes Flamandes qui sortaient des postes de pilotage ornés de plantes exotiques comme des filles de la jungle en pantoufles à pompons. C'était fini. Je lui ai fait signe de revenir. Bleus ou bien verts, ses yeux lumineux faisaient deux vides ronds dans la nuit de la vie. Elle m'a tendu ses bras au moment où je lui ouvrais les miens. Des larmes de rousse, on dirait que c'est plus chaud, plus abondant, plus physique que les autres. Plus liquide même, nos lèvres y dérapèrent.

J'ai médit de Marie-Rose et je m'en repens.

Lorsque nous nous sommes revues pour la première fois, elle n'a pas eu un mot malheureux, pas la moindre allusion. Rien qu'un « salut, toi ! » qui m'a rassurée et paru le plus merveilleux des accueils. Et un sourire, plus bref que petit, c'est-à-dire amplement suffisant.

Un mouvement m'a donc poussée vers elle, fait du poids de mes remords à l'égard d'une fille si discrète et, qui sait? peut-être secrètement amicale.

- Oh ! Rosie ! Rosie !

Le ton y était, sinon tout le discours. L'idiote que j'ai bêtement décrite le comprit et me fit la plus intelligente des réponses :

- Hé ! Tu m'adores, maintenant?

Raillerie méritée. Mais un enthousiasme resta, littéraire, donc platonique :

- Rosie ! Comme ce livre va nous rapprocher !

- Quel livre? Ah, vi ! Le nôtre… !

Elle éclata de rire.

Tout me parut perdu.

- J'ai pensé au sujet.

Tout me parut sauvé. Marie-Rose me lança un coup d'œil par-dessous ses longs cils ratissés :

- J'ai eu le temps…

Le beau, le bon regard que je lui voyais, en buvant ces paroles ! Et ce reproche même, quelle douceur il me versait !

- Alors ? Dis vite !

Seuls les imbéciles se font prier. J'ai découvert cette vérité quand Marie-Rose a répondu simplement :

- 36/39

Simple mais inquiétant. J'aurais dû m'en douter, du reste. 1936, c'est le Front Populaire, c'est la gauche au pouvoir. Bien. Mais c'est aussi le déchaînement verbal des communistes contre Hitler qui n'a pas encore fait tout son mal. Puis, en 1939, quand ce fou aura montré tout ce qu'il faut combattre en lui, ce sera leur silence sur l'ordre de Moscou, le silence le plus vil de l'Histoire.

- Dis, Marie-Rose, c'est un livre de politique que tu voudrais qu'on fasse ?

- Moi ?

- Mais… vi !… Ces dates ?… Cette époque…

- Ah ! Van-Van ! C'était la mer ! C'était l'été que je voulais dire ! Les premières vacances ! À vélo, quoi, tu sais bien !

Si j'avais été un garçon, je l'aurais embrassée ! Comme je t'aime, Rosie, malgré tout ce que j'ai dit, pour le soulagement que tu m'as apporté à cet instant ! Et pour ces perspectives que tu as su ouvrir d'un mot : la mer ! La mer aimable à tous, la mer venue avec ses vagues au-devant des baigneurs venus avec leurs rires…

Marie-Rose s'est arrêtée de mâcher. Absorbée, elle s'est mise à contempler ce qu'elle venait de dire, de faire naître au monde. Et j'ai vu les mêmes choses.

Oui, ai-je pensé, ces filles à bicyclette, comme elles savaient montrer leurs jambes ! Et les types qui étaient avec elles, quelle fierté, quel gentil ridicule avec leurs torses moulés par des maillots et leur casquette à l'envers ! Et puis, à force de pédaler, ils arrivaient en vue des plages ou des falaises et là, soudain, leur découverte, le nouveau monde : la mer ! La mer partout ! De l'eau et jusqu'à l'horizon ! Et qu'ils pouvaient regarder toute la journée, payés à ne rien faire ! Tout ce qu'ils n'avaient jamais connu, en somme, ni même imaginé… Alors, quels rires dans le vent ! Que de cris dans les dunes ! Et les ballons !… Que de ballons !…

Et Marie-Rose, n'y tenant plus, tout haut, de son côté :

- Ah ! Dis, la fête !

- Et tout ça, continuait Marie-Rose, pour finir dans le sable… Aïe ! Aïe ! Aïe ! L'amour dans les dunes, du sable partout ! Dans le dos ! Plus bas ! Et ça gratte ! Et alors, on gambille ! Il fait frais ! Il fait froid ! C'est le soir ! La nuit ! On se serre ! On s'abrite ! On s'ajuste ! Ah ! Danser les pieds nus sur le sable durci, le rhume ! Et la démangeaison ! Vive comme une aiguille dans le sirop, l'épaisseur des mélodies ! Cette musique, tu sais, qui sortait des boîtes qu'on pouvait poser n'importe où…

- Des électrophones !

- Meunon !

- Ah non ! Attends ! Des gram… non ! Ah ! Ça y est ! Des phonos !

- Des phonos !

Marie-Rose s'est arrêtée. Il n'était pas nécessaire d'en dire plus. J'avais bien vu ce qu'elle avait bien regardé : un certain populisme, comme disent les beaux parleurs qui n'habitent pas les quartiers populaires.

Mais Marie-Rose n'avait pas terminé. J'aurais dû m'en douter aussi, connaissant l'histoire de sa famille. Elle enchaîna donc avec une logique évidente pour qui est au courant :

- Et surtout, il ne faudra pas oublier d'y mettre un salopard, dans ce livre. Il y en a toujours un, non ? Mais dans le nôtre, il faudra qu'il soit tout ce qu'il y a de plus salaud, blond, mastoc, la gueule carrée, avec un de ces noms qu'on ne peut même pas lire, un Alsacien, quoi.

J'avais deviné avant la précision finale dont l'injustice pouvait me choquer, non m'étonner. L'histoire qui explique cette injustice est celle de Raymonde, la grand-mère de Marie-Rose. C'est l'histoire du 643° habitant.

Un jour de printemps à Paris, Raymonde, qui avait quarante ans et une fille de quinze, Ginette, décida qu'elles iraient passer l'été loin de la capitale et des misères de toutes sortes dont on y souffrait depuis plusieurs années.

C'était en 1944. Au début de juin, cette femme laissa donc sa fille pour quelques jours et partit en reconnaissance pour un village qu'on lui avait indiqué dans la Haute-Vienne. Naturellement, le nom de ce village ne lui apprenait rien. Des noms de trous perdus aussi typiquement nationaux, il en existe des milliers en France, reconnus tout de suite, tout de suite oubliés. Oradour-sur-Glane ne se distinguait donc pas de ces banalités.

Le 9 juin au soir, Raymonde y hésitait encore sur les conditions de pension complète qu'on lui proposait. Est-ce que Ginette aimerait vraiment cette vie de village ? Le lendemain, l'Histoire répondit pour elle, et de façon définitive. Raymonde est donc restée dans ce coin de campagne, s'il est permis de dire qu'il reste quelque chose d'un corps carbonisé dont les débris se mêlent à ceux de centaines d'autres. À ceux des 642 habitants permanents d'Oradour, fusillés ou brûlés dans leur église par une troupe allemande qui montait vers le front de Normandie.

Pas n'importe quelle troupe : la division S.S. « Dass Reich » elle-même, unité d'élite faite de nazis convaincus qui s'y étaient engagés comme on entre dans les ordres, poussé par une foi, à l'image de leurs ancêtres du temps des Chevaliers Teutoniques. En somme, la dernière unité allemande où trouver des enrôlés de force, des hommes incorporés malgré eux parmi ces fanatiques.

Et pourtant !... Pourtant, dans ces uniformes de S.S., sous les casques marqués du double zigzag noir, combien de porteurs de torches, d'allumeurs du brasier parlaient français comme on le parle en Alsace, leur petite patrie ?

La grande, la France, a fait après la guerre un procès à ces hommes qui avaient jugé préférable de se donner à eux-mêmes le nom de « Malgré nous », plutôt que d'en recevoir un autre plus sévère de la part du pays. Ce procès s'est terminé dans la confusion. Un silence l'a suivi. Raymonde n'a pas ressuscité ni les 642 autres et l'Alsace a retrouvé une place au sein de la nation.

Il vaudrait mieux oublier. Oui, mais Marie-Rose refuse. Athée et marxiste simplement peut-être parce qu'une femme qui ne devait devenir sa grand-mère qu'une fois morte, a péri brûlée vive comme une martyre du christianisme, Marie-Rose refuse avec force d'oublier et me l'a dit avec violence.

Elle s'est mise à crier dans la rue. C'était devant un supermarché, un samedi matin. Des Arabes qui nous regardaient les fesses avec application se sont éloignés, inquiets tout à coup. Cette prudence m'a navrée et je l'ai haïe en même temps que toutes les craintes qui la justifiaient.

Marie-Rose a craché sa gomme et le reste a suivi :

- Saloperie de merde ! Il faudra qu'on le dise ! Que tout le monde sache ! Ah, les fumiers ! Dis-le qu'on le dira ! Et en toutes lettres : « Assassins ! Assassins ! » plusieurs fois ! Et lâches, aussi ! Et menteurs ! Comme si le Maquis n'avait existé que pour les autres ! Comme si c'était plus difficile pour eux de se cacher dans une forêt que pour les autres de rejoindre en barque l'Angleterre ! Ah, les salauds ! Le scandale, là encore ! Et pourquoi je le cacherais, moi ? Pourquoi je me tairais, dis ? Dis-moi, Van-Van, qu'on l'écrira, tout ça ! Tout un village, et ma grand-mère avec ! Les saligauds ! Ma grand-mère !

Elle montra quelques larmes, tourna vite la tête, s'éloigna. Puis, déjà loin, elle s'arrêta, se retourna, me cria encore comme dans une vraie dispute :

- On le dira ! Ou alors, je ne te parle plus !

Jamais Marie-Rose ne m'avait dit tant de choses. Qu'elle ne me parle plus m'aurait donc contrariée désormais. Mais ce n'est pas pour cette raison que je lui ai souhaité les phrases qui soulagent. C'est pour la vérité et pour le souvenir.

J'ai vu ensuite les « Coranic Brothers ».

Disponibles, ils semblaient bien disposés. Le regard de Mohand, par exemple, suivait mon arrivée avec une netteté qui me parut flatteuse. Il n'essayait pas de me soumettre à son système d'évaporation comme si j'avais montré une laideur de banlieue. Il m'examinait, au contraire. Sans doute suis-je moins moche à ses yeux que la Courneuve et il sait, en tout cas, que je viens de plus loin.

C'est peut-être cet éloignement qui nous rapproche. Une idée de distance par rapport au présent nous est commune et nous avons vu tous les deux autre chose. Du moins, ai-je eu par les yeux de ma mère d'autres spectacles de la terre et plus d'horizon qu'aujourd'hui.

Une fois, j'ai suscité chez Mohand cette même attention, ce même sourire sur ses lèvres, amical, incrédule, conquis peut-être. Il me parlait encore de Kabylie. J'ai cru à un moment que c'était de sa mère. J'ai pensé à la mienne et j'ai dit moi aussi un pays, j'ai dit aussi tout un lointain, mais différent, avec ses koalas, ses kiwis et ses kangourous. Mohand ouvrait sa bouche sur ces mots qui n'y étaient jamais venus et de grands yeux sur moi qui n'était plus à la Courneuve.

J'étais sous des eucalyptus et Mohand s'y trouvait également, dans un autre pays, certes, dans sa propre partie du monde mais au même instant, revenu comme moi sous ces grands arbres athlétiques que les cigognes de Tizi-Ouzou recherchent pour l'ampleur de leurs fourches autant que les wallabies d'Australie pour l'ombre et le parfum de leurs frissonnements.

Alors, j'ai dit : « Ça va? ». Bachir a dit : « Ça va? », et Mohand a dit : « Ça va? ». J'ai répondu : « Ça va » et puis, j'ai dit « Ça va? ». Bachir a répondu : « Ça va » et puis a dit : « Ça va? » et Mohand a répondu : « Ça va » et puis a dit « Ça va? ».

Alors j'ai dit - dit : « Ça va - ça va? » et Bachir a dit – dit : « Ça va - ça va? » et Mohand a dit – dit : « Ça va - ça va? » Et j'ai souri, un peu. Bachir a souri, un peu et Mohand a souri un peu.

J'ai donc pu demander : « Alors, ça va? ». Bachir a donc pu demander : « Alors, ça va? » et Mohand a donc pu demander : « Alors, ça va? ».

Alors, j'ai répondu, de plus en plus détendue : « Ça va ». Bachir, de plus en plus détendu, a répondu : « Ça va » et Mohand, de plus en plus détendu, a répondu : « Ça va ». Notre aise grandissait. Un enjouement gagnait nos cœurs et déliait nos langues.

Alors, j'ai dit : « Ça va? ». Bachir a dit : « Ça va? » et Mohand a dit : « Ça va ». J'ai souri – souri et dit – dit : « Ça va – ça va ». Bachir a souri – souri et dit – dit : « Ça va – ça va » et Mohand a souri – souri et dit – dit : « Ça va – ça va ».

Ça allait. On pouvait le dire. On l'a dit. On pouvait donc dire autre chose.

- Dis, Bachir, tu y penses, à ce livre?

Il a dit oui. Bachir est le seul parmi nous qui dise « oui ». Il ne dit pas « vi » comme les filles. Il ne dit pas « ouais » ni « vouei ». Il dit « oui », ce qui signifie seulement qu'il accepte de dire quelque chose.

Je m'en suis bien rendu compte cette fois encore.

- Alors? ai-je demandé, aussi intéressée que je devais le paraître.

- Oui, a-t-il répété, j'y ai pensé.

Il s'est tourné vers Mohand, comme pour obtenir un encouragement : « Pas vrai ? » Mohand me détaillait toujours.

Les yeux d'aveugle qu'il laisse errer habituellement sur la Courneuve fixaient sur moi un regard d'aigle. Il ne répondit même pas d'un mot à l'Arabe, remua seulement la tête, un peu. Approuvé, Bachir continua :

- Il y a Dieu…

Je ne m'étais pas attendue à Lui en venant à eux. La surprise me parut déloyale. À mon tour, j'ai regardé, sollicité le grand seigneur :

- Mohand ?

Visiblement navré, il a dirigé ailleurs des yeux vides et blancs tout à coup :

- C'est lui qui a fait le seul bon, Lalla.

Il m'appelle souvent ainsi. J'ignore ce que ça veut dire mais je trouve que c'est mieux que Lili. Du reste, pourquoi m'appellerait-il Lili ? Je n'ai pas voulu renoncer sans combat. J'étais prête à marchander, même avec Dieu, à me plier ici aussi aux usages. J'ai utilisé tout ce que je sais de l'Islam :

- Tu veux dire le Coran ? Mais ça ne fait qu'un livre. Il y a tous les autres possibles !

- C'est le seul bon. Il ne faut pas faire les autres.

- Vous êtes vraiment sérieux, tous les deux ?

Ils se regardèrent. C'étaient des frères :

- Il y a Dieu, Lalla.

Jusqu'ici, il ne m'avait pas gênée, je l'avoue, pas même par son absence. Et voilà qu'il fallait désormais compter avec lui !

Il était le principe même, l'obstacle premier, celui qui s'élève à mesure qu'on grimpe, qu'on grandit…

J'ai donc quitté Bachir et Mohand le moral atteint. « Coranic Brothers », je n'avais pas cru si bien dire. On ne peut pas rivaliser avec un dieu. Un respect l'interdit, celui qu'on ressent malgré soi devant les vieilles gloires.

Tout de même, être dieu !... Être Dieu... et donc écrire divinement, quoi qu'on dise et qu'on le veuille ou non, forcé d'être parfait par sa propre nature... Quelle assurance, quelle sérénité devant la face vierge des nuages, à l'instant d'inscrire sur leur blancheur impressionnante un émoi, une idée, une bulle qui contient l'univers ! Au moindre mot, au moindre effet, les archanges frémissent, les chérubins entonnent des louanges, des angelots battent des mains...

À mesure que j'avançais sur les trottoirs conchiés en quinconce, l'idée m'enchantait davantage, ces images de gloire me transportaient et je m'y abandonnais toute, ne gardant de physique qu'un œil oblique vers les crottes. Oui, me disais-je, dans cette langue normale que je n'emploie qu'avec moi-même de peur de paraître littéraire ailleurs, je ne sais pas s'il est vraiment tentant d'être Dieu, à cause des hontes qu'on doit forcément éprouver pour ce qu'on a laissé faire, mais, d'un autre côté quelle consolation de travailler, d'écrire pour une éternité et dans l'universel !

Quel Li-Masson, encore tout secoué par les élans d'Olga, fille d'amour, fille de Dieu, oserait déclarer chaotique l'écriture céleste, le rythme même de la procréation ?

Être Dieu ? Non, sans doute. Il faut savoir raison garder quand on n'est qu'une humaine qui habite la France, pays de la mesure. Mais devenir écrivain ?... Lancer à son tour son œuvre dans ces espaces que l'homme sait chiffrer mais ne sait pas imaginer... Participer au jeu, être présent dans l'équilibre... Une lueur pour de vastes pans d'ombre, des géométries de doute... Questions... Clignotements... Des réponses en orbite, qui font le tour, reviennent... Et des joies, des illuminations qui passent avec des forces de comètes... emportent tout...

J'allais ainsi, dans un songe. Des bruits très doux, comme des déploiements, m'accompagnaient et je me demandais quels anges, quels contrats ouvraient pour moi leurs ailes ou leurs pages. Finalement, j'y ai mis tout un pied.

C'était à la station de métro Pyramides. Milan et moi, nous attendions. Quel meilleur nom pour attendre, en effet? Milan semblait éprouvé. Assis le buste en avant, coudes aux genoux et le visage entre ses paumes, il ne regardait rien, ne disait pas un mot. Il était resté silencieux tout l'après-midi. Ses mains elles-mêmes avaient tu le règne de la matière qui ne triomphait plus et ses yeux s'étaient privés de me redessiner sur mon propre modèle.

Il émergeait sans doute à peine de moments difficiles. J'imaginais lesquels, des histoires désagréables, comme il lui en arrive quand il ne peut plus contenir sa sensualité par l'évocation d'une Égypte dont les cinq mille ans d'existence, bien chantés, devraient pourtant paralyser de respect le chantre autant que l'auditeur. Alors, dans ces fringales, Milan s'abandonne à un désespoir qui n'est pas égyptien, n'évite ni les imprudences ni les contrariétés et sort de ces épreuves marqué sinon vieilli et peut-être écœuré d'une honte mais sans plus de sagesse.

Nous laissions donc passer une rame après l'autre, Mini-Vizir retranché dans un recroquevillement de la pensée que son corps annonçait, moi dans l'attente de son retour au monde.

Je te disais : « C'est Houps'… »

Hein? Quoi?… Milan parlait et je ne l'avais pas entendu! Pas écouté! Ah! Vi, bête et blâmable, je pouvais bien le dire à propos des autres! C'était moi, l'imbécile, la fautive! Milan s'ouvrait à moi, à sa Néfra, là! Tout d'un coup! Il rompait le silence pour moi, m'adressait le mot-clé par-dessus l'amertume, le chagrin de la vie, du réel ! Et moi, je rêvais encore, distraite comme toujours !

Milan dit « Houps » ! L'excitation me met debout d'un bond. Je saute !

Tout commence, Milan ! La jeune morte va vivre enfin pour la première fois ! Comme nous allons être heureux, tous les trois, elle, toi et moi, surtout, naturellement, si elle me ressemble !

Mais j'ai senti un regret dans la voix de Milan, comme s'il prononçait à contrecœur le nom bien-aimé de sa princesse. Il fallait anéantir cette contradiction. Surtout, pas de désastre au moment d'un bonheur !

- Mais, Milan, c'est merveilleux, que tu te sois décidé ! On va l'écrire, son histoire, à cette chère Houps' !

Milan s'est tu de nouveau, malgré mes airs engageants.

J'ai insisté :

- Non ?

Il a cédé, à peine :

- Peut-être, mais…

- Mais quoi, sinon, Milan ?

- Je te l'ai dit.

- Les serpents ?

- Une foi.

Une lumière m'a éclairée. J'ai cru comprendre. Pour l'esprit qui l'a conçue, Houps' constitue un poème qui, regardé de la bonne distance, touche ou fascine, opère. Mais à cette protection encore trop consciente, à cette première ligne de l'illusion qui reste détachable, Milan préfère la sauvegarde d'une conviction plus profonde, l'assurance viscérale qu'un mot change la vie, une phrase le monde.

Seulement, quand on sort d'une gloire douteuse du sexe, de certains de ses triomphes qui n'ont pas évité le sordide, on a besoin d'une innocence. On cherche des blancheurs. On ne croit plus à la magie. Je ne le sais que trop.

- Elle est si pure, cette Houps'...

Le soupir venait de moi. J'étais à peu près sûre d'exprimer Milan tout entier. Son sourire me le confirma, aussi pauvre que lui.

- Les formules, Néfra, les formules... Tout est si dégueulasse, si tu savais !...

Je savais. N'étais-je pas cette jeunesse couchée nue près du Nil, aimant les Dieux et l'existence, sereine et créatrice ? Mais il n'y a pas de recettes, pas d'astuces de dernière minute pour se tirer d'affaire dans les problèmes de la vie, les sales problèmes venus des réactions des gens, de leur conformisme, de la veulerie de leur âme. Je le sais aussi. Je ne suis donc jamais tranquille. Je ne suis pas une idole enfantine glacée de révérence. Je me sens vieille depuis toujours, ridée de naissance par les laideurs de mon humanité.

Des moyens miraculeux de s'en sortir indemne, sans offense ni remords, sans trace d'aucune sorte, quand le chagrin nous a jetés dans des situations qui pourraient rester nettes, indolores, si le monde n'était pas si ombrageux, non, il n'y en a pas ou alors, la magie est l'art des solitudes. Lorsqu'on aime les femmes comme Milan les aime, pour leur beauté, pour la beauté du geste, comme il est douloureux de découvrir la mocheté morale de l'espèce par la même occasion !

Houps', donc, à défaut d'un charme encore plus grand. Mais qui sera exactement ce pis-aller romanesque ? Sera-t-elle faite des rêves de Milan ou de ses regrets ? Faudra-t-il voir en elle l'annonce des femmes qu'il n'a pas encore eues ou le rappel de celles qu'il n'a pas su avoir ? J'ai toujours cru qu'on pouvait conserver ses quinze ans pendant des millénaires. Ce qui fait, naturellement, passer devant le jouvenceau beaucoup de belles créatures qui ne durent qu'un jour, rien qu'une vie de femme, d'autant plus généreuses...

Fragile et immortelle, la princesse Houps' sera probablement toutes ces femmes à la fois, comme nous résumons et annonçons nous-mêmes toutes les vies humaines qui nous ont précédés et celles qui nous succéderont. Et comme nous que distingue toujours une petite différence où chacun se saisit tout entier, Houps' sera toutes ces créatures en étant autre chose, en étant elle-même. Elle se vêtira de tous ces voiles, se dénudera de toutes ces vérités et dans cette java que nous impose l'épreuve du réel, qui peut dire le moment essentiel de la danse, de la révélation ?

Fouillant et pénétrant le ciel, les astronomes l'agrandissent sans cesse. D'une lueur des nuits, ils font un nouvel univers et d'éclatantes agonies de la matière un au-delà de plus en plus abstrait. Observés de plus près, les amas stellaires les plus denses deviennent des vapeurs, des tulles dont les mailles vont en s'élargissant. Les mondes s'ouvrent sur des mondes, du même mouvement dont se développent vers eux les instruments télescopiques qui les rendent plus nets et plus profonds. Et voici la première merveille : l'appareil qui le mesure grandit avec ce qu'il grossit, comme si une loi voulait que l'un ne puisse aller vers l'autre si celui-ci ne vient aussi à lui. Grande loi, qu'il m'arrive d'oublier. On songe à tout ce qu'on ne connaît pas, qui existe et qui attend pour se montrer qu'un geste le désigne. Ce plus grand monde que ne cesse de devenir l'univers est plein d'amour sans doute et de dilatations.

Princesse dans les siècles, Houps' participe à ce monde et à ce mouvement. Elle est avec lui emportée par la force des choses et se découvre comme lui, peu à peu, sous l'effet des appels et des tiraillements de la réalité. Je ne peux donc pas imaginer ce personnage sans penser à une autre frêle et robuste créature, également égyptienne et qui n'a pas davantage existé : la petite Maat elle-même, grande déesse.

Il faut écouter notre mage parler d'elle en savant amoureux. Je l'ai souvent fait et de l'amour, c'est vrai, courait alors le monde et pénétrait nos cœurs.

Maat, dit Milan, c'est d'abord une gracieuse petite personne, figurine assise qui porte sur la tête une plume d'autruche. C'est aussi le poids juste qui servira dans la balance du jugement des morts à peser le cœur du défunt. Fille de Ré, c'est Maat que les rois offrent aux dieux, portée au creux de la main comme une petite poupée. Maat est l'offrande par excellence parce qu'elle inclut en elle toutes les autres. Elle incarne donc d'abord la Vérité et la Justice. C'est beaucoup.

Mais l'essentiel reste à découvrir. Ici aussi, une indication en entraîne une autre qu'une autre suit encore. Le télescope se développe et révèle les formes successives qu'il renfermait à notre insu. Milan continue : le terme de Maat désigne toutefois quelque chose d'autre, d'infiniment plus vaste que la Vérité et la Justice elles-mêmes. Lorsque le dieu créa l'univers, il donna forme à un monde fixé définitivement dans son aspect et ses rapports. Tout était parfait dans ce monde, conforme au plan définitif. Or, l'équilibre de tout cet univers, le rapport harmonieux de ses éléments et leur cohésion, c'est précisément ce que les Égyptiens appelaient Maat. C'est l'interaction des forces qui assurent l'ordre universel et qui vont des mouvements des astres et de la suite des jours à la concorde entre les vivants et à leur respect de l'ordre conçu par les dieux. Maat, c'est donc à la fois l'ordre cosmique et la morale qui consiste à agir en toutes circonstances en accord avec la conscience qu'on a de cet ordre et de cette harmonie.

Voilà ce qu'assure Milan. La passion de sa voix, son regard qui s'allume font oublier ce que ce discours peut avoir d'ennuyeux. Pour moi qu'il touche, rien ne me paraît alors plus nécessaire que de m'inquiéter à mon tour de cet équilibre universel et de la contribution que je peux lui apporter par mes apaisements.

Je ne crois certes pas que le monde soit parfait mais j'accepte volontiers cette morale car sa poésie me semble aux dimensions qui conviennent à l'homme. Elle nous appelle vers d'immenses et magnifiques paysages dont la beauté et la conservation sont dès lors notre affaire. Jardiniers de ces perspectives, horlogers de ces rouages et de ces battements, nous devenons les ouvriers et les savants qui règlent l'équilibre des sphères dans l'espace et le vol des oiseaux au-dessus des prairies. Ici-bas comme ailleurs, dans sa vie quotidienne comme dans sa réalité quasi intemporelle, l'ordre du monde dépend donc de nos cœurs. Nous voici cariatides et atlantes, titans porteurs de l'univers.

Tâche difficile sans doute, mais flatteuse et dénuée d'égoïsme. Essayer d'être bon envers son prochain pour permettre à l'étoile la plus inexploitable de continuer d'exister selon les lois de la nature constitue une ligne de vie tout de même plus noble et plus désintéressée que la recherche d'une place octroyée dans un ciel que la nature ignore et par un dieu qu'elle ne connaît pas.

« Le paquebot s'éloigna. Déjà, une mouette, le regard de côté, avait pris son point fixe au-dessus du sillage. Regardant vers la terre, il (elle) pensa : « Adieu, pays de mes pires moments. Puissent mes yeux ne jamais te revoir. »

On aima un peu cette mouette, inquiète et pleine d'espérance. Quelqu'un se demanda qui elle pouvait représenter. Mais personne ne s'interrogea sur le pays cruel. Nous le connaissons tous. Il se trouve en chacun de nous. Il est fait de ce que nous n'aurons pas. On y voit donc tout ce qu'on veut, de douces blondes qui ne mourront jamais, des amants pour toujours, des enfants, tous les droits, tous les mots. Ce serait sûrement mieux d'y renoncer d'emblée.

Ce texte de trois lignes, c'est Marine qui me l'a apporté un soir. Elle l'avait soigneusement écrit sur du papier quadrillé. La mine sombre, le reste éblouissant, elle m'a seulement dit, brusque comme chaque fois qu'elle parle : « Tiens ! En souvenir ! » Puis, elle a appareillé, sifflet aux lèvres, mélodieuse soudain.

Je ne m'étais pas attendu à ce genre de littérature de la part d'une navigatrice qui vénère Colbert et la marine militaire.

J'avais plutôt cru qu'elle préconiserait un bouquin célébrant la flotte française, la « Royale ». Mais ce texte n'annonçait rien de tel. Il ressemblait aux derniers mots d'un de ces gros romans qu'on imprimait lorsque les forêts, grâce à Colbert peut-être, procuraient de la pâte à papier moins chère qu'aujourd'hui.

Distraite ou prévenante, Marine nous laissait le choix du sexe du personnage qui partait. Le sexe, ce n'est peut-être pas une chose qui devrait compter beaucoup, surtout lorsqu'on peut s'en aller.

Ce qui nous a paru plus important dans la contribution de Marine, plus encore que la jolie mouette qui ne fera pas toute la traversée, c'est cet adieu du passager à tout ce qui l'a consterné dans l'existence. C'est cette fin de non-recevoir que chacun de nous rêve à sa façon de pouvoir opposer un jour aux choses de la vie, c'est-à-dire au réel, et le plus tôt sera le mieux. Adieu, mot théâtral sans doute, mais d'une solennité capable de rabattre son caquet à une pièce déloyale où tout était déjà joué comme nous arrivions.

Nous disposions donc de cet adieu. Mais que faire d'une fin lorsqu'on n'a pas encore le début ? Marine voguait de nouveau au loin, goélette allégée du poids de la cargaison qu'elle venait de nous confier un peu prématurément. Je savais que nous n'en obtiendrions rien de plus.

Mais nous, les autres, nous étions encore là, indécis sur le quai. J'ai donc rangé ces trois lignes en attendant le vent. Et j'ai continué de parler de notre livre aux uns, aux autres et à Olga.

C'est à l'autre bout de Paris, à l'opposé de La Courneuve qu'Olga m'avait donné rendez-vous. Je n'avais jamais encore vu le parc de Montsouris. Je ne savais donc pas qu'il était mon préféré.

Cherchant Olga, j'y ai vu une femme, une géante dans sa maturité. Ce colosse de quarante ans descendait une allée bordée de marronniers, arbre en marche elle-même. Admirative, je me suis effacée. Elle ne m'a ni regardée ni aperçue, comme ferait un chêne s'il croisait un brin d'herbe. J'ai suivi des yeux cette femme immense, un peu lourde dans sa force, mais droite, équilibrée. Et j'ai rêvé. Je l'ai imaginée à seize ans, longiligne, sur un vélo, passant par là, lointaine.

- Hé ! je suis là !

C'était Olga.

Elle me détailla, les lèvres gourmandes mais un sourcil moqueur :

- Tu les aimes grandes, hein ?

Je n'ai rien répondu. Mais Olga était pressée d'aller à l'essentiel :

- Viens ! Mais viens !

Elle a pris ma main, tiré, couru, grimpé une pente, s'est laissée tomber avec moi sur un banc qui dominait une rue, a soufflé, longuement.

- Voilà ! a-t-elle dit quand elle a pu parler, devine où nous sommes !

Évidemment, non. Olga a donc continué comme le jeu le voulait :

- Là ! Juste devant toi ! Cette maison !

Je voyais bien une façade claire, d'une sobriété très élégante et dont la forme des fenêtres inhabituelle m'avait plu tout de suite. Mais en quoi cette belle maison pouvait-elle faire l'objet d'une devinette ?

- Tu ne vois vraiment pas ? Ah, Van-Van, tu ne sais vraiment rien, alors !

Je savais qu'il fallait que j'attende. Et, en attendant, je reprenais ma respiration, assise à l'aise sous ces arbres épanouis. J'avais encore nette à l'esprit la vision de la géante qui venait de passer et je pensais aussi à ma mère, à cette longue fille qui allongeait sans cesse et qui ne s'est arrêtée de grandir qu'en s'arrêtant de vivre. J'ai souri à Olga :

- Peut-être. En tout cas, je m'en fous.

Elle a eu un rire scandalisé :

- Tu te fous de Mermoz ? Tu ne te rends pas compte ! C'est sa maison, là ! Juste en face ! Il y a une plaque près de la porte qui le dit. On ira voir ! En 1936, c'est là qu'il habitait. C'est de cette maison qu'il partait le matin pour aller au Bourget. Il voyait ces arbres en sortant, comme nous. Il les a encore vus quand il est parti pour la dernière fois…

Olga s'est arrêtée de parler. Elle a regardé le parc attentive et rêveuse à la fois. Puis, les larmes sont venues.

Je lui ai pris une main :

- Il faudra qu'on y aille, au Bourget, à ce Musée de l'Air. Ça fait trop longtemps qu'on le dit. On va y aller, ma grande !

Olga a secoué la tête, violemment. Deux gouttes ont traversé l'espace qui séparait son visage du mien puis ont continué de glisser sur ma joue aussi naturellement que si elles sortaient de moi.

Toujours vaillante, Olga a essayé de sourire et a réussi :

- Non, ce n'est pas ça. Ce n'est pas l'avenir qui me fait de la peine ni qu'on ne soit jamais encore allées ensemble au Bourget. C'est le passé.

Elle s'est arrêtée de nouveau, m'a regardée comme un esprit et non plus comme un festin :

- Franchement, tu y crois, toi?

- Au passé? Franchement, je crois à sa frange la plus proche, celle qui nous fouette la face quand les chagrins se lèvent contre nous. Ma mère a existé puisqu'elle est morte. Pour le reste, je peux comprendre l'hésitation d'Olga. Si le passé fait partie du réel, nous souffrons avec l'un des mêmes problèmes dont l'autre nous accable. Il est difficile de croire au temps révolu comme on croit à sa montre. Parfois, il semble trop beau pour être vrai et on est tenté de voir en lui une sorte de légende qui poétise la conviction. C'est sans doute ainsi qu'Olga croit à ce qu'elle admire, l'aviation des années trente. Mais le plus souvent, le passé se révèle si repoussant qu'on a de la peine à croire à tout ce mal accumulé siècle après siècle, et c'est peut-être la vérité des incrédules.

Mermoz a disparu dans l'Atlantique sud six ans après l'apparition de ma mère prés de l'autre océan. Chacun croit à ce qui l'a ému un jour et le navre le plus aujourd'hui : ainsi opère le passé, faisant d'un bonheur qu'on n'a pas vécu un tourment dont on vit. Olga le sait. Elle me l'a dit, répondant à sa propre question :

- C'est sûrement ma faute, je n'ai pas assez d'imagination. Je n'arrive pas à imaginer que ces choses se sont vraiment passées, Lindbergh, Mermoz ou Adrienne, par exemple, volant au-dessus du Bourget, ou lui ici, jetant un coup d'œil à ces arbres où nous sommes, non, je n'y arrive pas. Et pourtant, j'y crois puisque ça me ruine de penser que c'est fini, que ça ne reviendra pas, les beaux zincs de l'époque, toutes ces choses neuves à faire, l'aventure, la vraie, et j'y crois aussi puisque c'est mon bonheur d'y rêver comme si j'y étais… Alors, tu vois, c'est compliqué !

Oui. Tendre et amer passé, ingrat comme l'amour lui-même auquel parfois nous ne croyons que trop et parfois que trop peu. J'ai réfléchi tout haut :

- Mais si on commence sur ce ton, ça va faire un livre plutôt lugubre, non ?

L'adjectif a choqué Olga :

- Mais de quoi tu parles ? Ce n'est pas du lugubre que je veux, moi !

Elle a ajouté :

- Tu me connais, non ? Moi, c'est l'amour !

Justement, autre inquiétude… L'érotisme, je crois comme Milan qu'il occupe l'esprit quand il le faut mais il m'arrive avec lui ce qui m'arrive avec le reste : je ne parviens pas à trouver vraiment intéressant de dire ce qui fait l'intérêt de nos actes.

- L'amour, ma grande… tu veux dire du… ?

J'avais pris un air pour m'éviter un mot. Bonne fille, Olga a ri :

- Meunon ! Ça, c'est ce qu'on fait mais ça n'est bon que quand on le fait, pas quand on en parle !

Elle devait savoir ce qu'elle disait, sachant ce dont elle ne disait jamais rien en effet. Elle a continué :

- Ce que je voudrais qu'on raconte, moi, c'est une histoire d'amour entre un aviateur et une aviatrice. Pas une histoire d'aujourd'hui, puisque des aviateurs et des aviatrices, il n'y en a plus. Mais une qui se passerait il y a une quarantaine d'années entre une fille qui n'aurait peur de rien, qui ferait des raids mieux que des hommes, et un pilote, un beau type héroïque qui en tomberait amoureux…

C'était agréable d'écouter Olga, de regarder cette forte salope à la voix séraphique rêver à des amours célestes, à un bonheur aussi transparent et aussi immédiat que l'air qui nous dilate les poumons.

- Et ils feraient ensemble un tas de beaux petits loopings ?

Olga a souri :

- Tu es bête. Ils feraient des exploits ! Ils battraient des records, comme ça se faisait réellement chaque jour à cette époque. Des records tout le temps, tu imagines ? Chaque fois qu'un pilote s'installait aux commandes ou qu'une fille avait fini d'ajuster son serre-tête, ils faisaient encore mieux que les autres, encore mieux que la veille ! Des records tout le temps ! Nuit après nuit, sur l'Afrique, au-dessus des dunes et des pillards, des océans et de l'Asie ! Des records en circuit fermé, en ligne droite, d'altitude, de distance, de durée, de vitesse ! Ah, Van-Van ! De courage !

Je l'ai laissée atterrir. Ses yeux brillaient quand elle est revenue à moi. Qu'avait-elle encore vu ? Quel rayon l'avait-il touchée à travers les nuages ? Quelle face immobile l'avait-elle observée dans ses acrobaties ?

D'un mouvement de toute l'encolure, comme font les cavales, Olga a projeté autour de nous sa longue chevelure blonde qui rappelle les anges. Mais aucun n'est venu. Un homme descendait l'allée derrière nous. Olga s'est retournée pour mieux le voir. Dans leurs yeux, il m'a semblé qu'il y avait le salut sans façons qu'on adresse à ce qu'on connaît bien mais aussi un autre signe, furtif, inoublié pourtant, celui qu'on fait à ce qu'on n'aura pas ou ne comprendra jamais vraiment.

Olga a soupiré, de nouveau elle a regardé la maison aux belles fenêtres et elle a ajouté, raisonnable :

- Naturellement, on ne peut pas passer sa vie à faire « Vroum ! Vroum ! » dans tous les ciels du monde, même pour le mérite.

J'ai donc cru que je venais d'apprendre l'essentiel sur le genre de livre que proposait Olga. Mais je me trompais. Olga a tout à coup serré la main qu'elle m'avait prise depuis son retour des hauteurs et elle m'a regardée avec avidité :

- Dis, tu vas m'aider ? J'ai un problème !

- Explique !

- C'est simple. Pour les personnages, je ne voudrais pas que ce soient des inventions, des gens qui n'auraient pas existé. Je trouve que ce serait mieux, au contraire, s'ils avaient vécu et fait ce qu'on raconte dans le livre. Alors, tu vois tout de suite à qui je pense – Adrienne et Jean ! Seulement, crac ! Ça ne peut pas coller avec eux justement !

Je voyais bien pourquoi : Adrienne, c'est Adrienne Tasset. Olga m'a depuis longtemps raconté sa prouesse : franchir les Andes pour la première fois dans l'histoire de l'aviation, donc avant tous les hommes. C'était en 1921, à bord d'un monoplace de la guerre de 1914 qu'on pilotait le buste en l'air. Et c'était un premier avril : l'exploit en parut encore plus incroyable…

Jean Richepoux, lui, appartenait à l'aviation de chasse française en 1939. Il passa ensuite dans la Royal Air Force quand les combats cessèrent sur le territoire national. Son unité fut chargée d'abattre les bombes volantes qui se mettaient à tomber sur les villes anglaises. Jean avait d'ailleurs été le premier des pilotes alliés à avoir détruit un de ces V-1. Lui et ses camarades les mitraillaient en vol jusqu'à ce qu'ils explosent. Un jour, Jean Richepoux vit qu'un de ces engins basculait vers un hôpital. S'est-il trop approché de lui ? A-t-il choisi de le percuter pour être sûr de remplir sa mission ? Tout a explosé en même temps, bombe volante et avion. C'était en 1944, Richepoux avait vingt-quatre ans.

D'où la difficulté d'Olga pour unir par l'amour les deux êtres qui lui inspirent un culte. Le petit Jean marchait à peine quand Adrienne, dans l'allégresse de ses vingt-cinq ans, sautait les Andes, le visage couvert du sang qui sortait des vaisseaux éclatés de ses lèvres et de son nez.

« On est bien emmerdées » a dit Olga en conclusion et c'était mon avis. Nous avons donc cherché, fait du calcul mental. Quel âge avait-il juste avant le début de la guerre ? Au moment où Olga posait cette question, j'y répondais en moi-même : dix-huit ans en 1938. Et elle ? a demandé Olga sans enthousiasme.

- Quarante-trois…

- Quarante-trois, hein ?…

Je n'avais jamais encore vu Olga rougir autant.

- Tu sais, ça se faisait sûrement à cette époque comme maintenant. Et puis, ça n'a vraiment rien de monstrueux, ma grande ! Où est le mal ?

J'ai bien vu pourtant que je n'avais pas convaincu Olga. Écarlate, elle s'est contentée de dire : « Oh ! Non ! Oh ! Non ! » comme une nonne découvrant une horreur. Puis, elle s'est décidée :

- Non, Van-Van, ça me choque trop entre eux. Ils ont existé, tu comprends. Et je les aime, moi ! Je les respecte ! Il ne faut pas leur faire faire ce genre de saletés, non !

- Mais bon dieu de bon dieu, Olga, où vois-tu des saletés là-dedans ? Je ne te comprends plus ! Tu ne le ferais pas, toi, ou moi, avec un plus jeune, et tu crois qu'on trouverait ça criminel, si c'était agréable ? Et sincère ? Amoureux ?

- Mais moi ou toi, ce n'est pas pareil !

- Ben, voyons ! On existe pourtant aussi, non ?

- Vi, mais on n'est pas des héros, nous ! C'est ça, la différence ! On n'a pas à se surveiller, à faire attention à ne montrer que des actions bien, irréprochables ! On peut même faire n'importe quoi, pour ce que ça change !

Elle ne m'avait pas convaincue elle-même mais je n'ai pas souhaité continuer dans ce sens.

- Tu y tiens pourtant beaucoup, à ton idée ?

- Énormément !

- Alors, on trouvera bien un moyen, ne t'en fais pas. Dis-moi plutôt si tu as déjà décidé d'un titre ?

Olga n'était plus si rouge. Elle a fait « Vi » de la tête. À mon tour de lui presser les doigts :

- « Toujours mon cœur est près de toi ».

Olga a de nouveau regardé le parc et ce qui l'entourait. Elle a d'abord examiné les arbres, puis ses yeux ont abordé le ciel mettant dans leur clarté sa lumière. Ensuite, ils ont fait une escale sur mon visage, se sont arrêtés plus longtemps sur la façade blanche. Olga a regardé chaque chose comme si elle reconnaissait en elle ce qui lui était le plus cher et le plus familier au monde. Et lorsqu'elle a parlé, j'ai trouvé dans sa voix la douceur que montrait son sourire. « Au revoir » a-t-elle dit seulement, comme il suffit sans doute quand on vient de connaître un grand bonheur à deux. Mais je n'ai pas compris à quoi ou à qui elle adressait ce dernier mot d'amour.

Naturellement, Armelle a été d'accord immédiatement pour participer à l'effort collectif. Je ne lui ai même pas redemandé par la suite, sachant sa prédilection pour les choses de l'esprit. Les choses de l'esprit : l'expression est commode pour parler des livres en général. Mais je ne voudrais pas qu'elle paraisse prétentieuse à propos du nôtre.

Ce banlieusard, j'ignore ce qu'il sera s'il vient au monde et personne parmi nous ne peut le dire, fait comme ce livre devrait l'être de ce que chacun n'a jamais vraiment dit, le songe de son cœur, l'illusion qui le porte.

Je ne sais qu'une chose, mon propre besoin de donner à sentir ce qui m'épouvante ici, l'absence d'espoir qui borne la vie quotidienne, la vie définitive de la plupart des gens. Ceux dont le seul but est de continuer. Leur résignation me paralyse ou bien, parce qu'elle m'est insupportable, son propre excès me jette aux étourdissements, aux chienneries qui rendent encore plus noire l'obscurité des nuits.

« Vi ! s'est écriée Armelle. Vi ! J'y participerai ! Comptez sur moi ! »

J'ai donc cru qu'elle allait à son tour m'indiquer les grandes lignes, je veux dire tous les détails de l'œuvre de son choix. Et je pensais avoir deviné sa préférence pour un de ces romans à la française où l'amour de la psychologie verse dans les ravissements de la psychologie de l'amour.

Mais je me trompais. Armelle a simplement ajouté :

- J'assurerai la critique !

On pouvait lui faire confiance. Qui aime bien châtier, châtie bien, en effet. Il y a une dureté dans cette fille intelligente que je ne comprends pas. Est-ce l'effet inévitable de l'exercice de l'esprit ? Et comment s'arrange-t-on avec soi-même et avec l'autre quand on aime en blessant ?

- Et, vous-même, très chère, quel est votre choix ?

- Je ne sais pas bien encore… Paris, peut-être ? J'ai une passion pour Paris ! J'aimerais tant savoir écrire sur Paris ! Dire l'exultation qui vient dès qu'on s'y trouve…

- Dès que vous vous y voyez vous-même, très chère ! Attention ! Il y a là du narcissisme ! Mais vous avez raison. C'est difficile de parler joliment de Paris sans tomber dans les redites. Ce n'est pas donné à n'importe qui !

Puis, Armelle a souri. Ses yeux brillants m'ont dit que ce sourire était pour moi. La très chère s'est rapprochée, d'un doigt elle a frôlé ma main et, vibrante, a soupiré :

- Ah ! Paris !… Comme je vous comprends !

Et nous voilà parties une nouvelle fois dans la ville, dans l'amour de Paris. Nous avons marché côte à côte le long des avenues et des berges. Nous avons traversé du même pas l'Histoire dans les mêmes frissons et rêvé ensemble à l'ombre des coupoles dorées et des dômes d'ardoise. Partout le même souffle qui soulevait nos âmes, à l'occasion nos jupes. Partout, les mêmes joies au même instant. C'était le partage d'une ivresse. C'était Paris, les transports en commun…

Puis Armelle a cessé de sourire. Elle a repris son air sérieux et sa badine pour annoncer ce qui lui paraissait indispensable de nous faire savoir :

- Bien entendu, si ce que vous faites n'est pas bon, je serai obligée de vous dire de revenir quand vous serez meilleurs.

Mes consultations terminées, le moment était venu de faire une récapitulation. Ce livre, que fallait-il donc qu'il soit pour plaire à tout le monde ? Il fallait qu'il célèbre la marine française et ménage l'armée allemande tout en racontant la vie d'une antique princesse qui n'a jamais vécu et les amours entre une aviatrice jeune en 1931 et un aviateur jeune vingt ans plus tard qui ne se sont jamais rencontrés ni aimés. Il fallait aussi qu'il dénonce les laideurs des sociétés de consommation sans toutefois épargner les Alsaciens ni mériter les critiques d'Armelle ou le courroux d'Allah. Enfin, il le fallait court quoique complet, clair malgré son abondance et mû d'un mouvement égal, pour éviter le chaotique. En avant !

C'est le fantassin Forma qui se lance la première à l'attaque. Il fait beau. Un petit vent sportif s'entraîne dans le ciel, tantôt vif, précipité, tantôt mollissant et comme à plat sur l'herbe, puis debout de nouveau, lisse et nu dans la mousse des nuages. Repos, agaceries, voluptés de Paris.

Un pont relie Joinville à Nogent par-dessus la Marne. C'est sur lui que tout va s'accomplir entre l'infect Li-Masson et la jeune raphaélique. Renate a revêtu sa robe blanche. Quand elle paraît au bord de la rivière, son éclat frappe tous les contemporains. Un couple de canards, l'un derrière l'autre, change de cap, brusque et d'une même aile. Un couple de canoteurs qui a loué un pédalo par erreur renonce à lutter contre le courant, se laisse dériver, emporté comme les volatiles par la puissance de l'apparition.

- M'sieur ! M'sieur !

La belle jeune fille ! Toute claire et joyeuse, Renate adresse de grands signes du bras à celui dont nous venons de faire l'homme de notre vie, Jean-Hervé Li-Masson.

- M'sieur ! M'sieur !

Renate a franchi le pont comme on quitte l'enfance, d'un pas de plus en plus grand et de plus en plus souple, jeunesse traversière que porte sa musique. Il faut en finir avec les vieux cochons. Elle frappe d'entrée. Sa question est donc parfaitement meurtrière :

- Dites ? Vous n'avez rien contre les Allemands ?

Comment répondre à l'opposé quand on veut répondre à la mode ? La mode condamne ce qui condamne. Tout de même, l'ondoyant Li-Masson ne peut pas oublier qu'il a des souvenirs comme tous les Français. Il cherche donc à gagner du temps en s'écriant très vite :

- Moi ?

Mais le svelte fantassin ne lui laisse aucune chance :

- Vous.

Alors, l'infâme capitule, pour triompher, croit-il.

- Mais rien du tout ! Au contraire ! Je les aime, moi, les Allemands-ss ! Et tou-ss !

- Oui, tou-ss ! ajoute-t-il sans broncher, les voies respiratoires bien dégagées et libres comme l'air.

- Il-ss sont no-ss meilleur-ss ami-ss maintenant ! No-ss plu-ss sûr-ss partenaire-ss ! Et no-ss touriste-ss le-ss plu-ss riche-ss, aussi ! Ah, certe-ss ! Je vi-ss san-ss haine pour le peuple allemand ! Tou-ss camarade-ss désormai-ss ! Client-ss ! Consommateur-ss !

Fini, oublié, gommé le gross Paris und betites Temoizelles ! Il-ss ont été trompé-ss ! Tragiquement ! Floué-ss ! Meurtri-ss ! Tou-ss victime-ss d'un fou ! Et tou-ss puni-ss ! Mais tou-ss irresponsable-ss ! Il-ss ont payé ! Je les aime donc tou-ss ! Je vi-ss san-ss haine pour le peuple allemand.

Renate reçoit comme un crachat l'habileté du glaireux Li-Masson. Elle sait bien que la plupart des Européens verraient un artifice ou pire, une injustice dans la tentative qui chercherait à disculper un peuple en n'accablant que quelques dirigeants. On pourra toujours dire que tou-ss les Allemand-ss n'ont pas été nazi-ss, il restera que tout le mal infligé au monde par le nazisme est toujours venu de soldat-ss, de gendarme-ss ou de flic-ss allemand-ss. Alors, écrire qu'un fusillé ait pu penser mourir sans haine pour le peuple allemand, c'est parler de son cabinet de travail sans avoir combattu ni eu peur, c'est jouir encore des plaisirs de l'esprit et des salons quand les autres sont morts dans les horreurs et la détresse.

C'est donc à ce moment-là que le petit troufion en robe blanche comprend qu'elle va perdre. On ne peut pas lutter contre un esprit vil. Employer, comme le gluant Li-Masson, une astuce aussi vicieuse pour garder de soi une image à la mode constitue une force dont se privent les âmes les moins serviles.

On est toujours battu d'avance par un dévoyé de l'argumentation. Les nuances qu'on se croit obligé d'introduire dans son propre jugement, l'inévitable doute qui l'accompagne, et même une certaine pugnacité qui voudrait s'exprimer malgré ces désavantages, rien ne sert devant la duplicité de celui que ne rebutent pas les trucs et leur bassesse. Le dégoût qu'ils inspirent est l'arme décisive des voyous de l'esprit. Courageuse pourtant, la petite Forma va continuer le combat. Comme si elle y croyait encore, elle développe son attaque :

- Alors, ça n'est pas interdit de penser à un livre sur les Allemands ? Une histoire de guerre ?

- Non… répond-il distinctement.

Mais il a hésité. Cette indécision ouvre une brèche. Renate s'y engouffre pour porter sa défaite un peu plus loin dans les lignes ennemies.

- Vous n'avez pas l'air sûr ? C'est pourtant au goût du jour, l'histoire contemporaine ! Et surtout le dernier conflit !

- Oui…

- Vi ou non ?

- C'est que… il faut de la vécuité, comprenez-vous. De l'authenticisme. Avez-vous de la vécuité ?

- Oh, M'sieur ! du vrai vécu, jusqu'à la mort ! Guerre ou paix, fantassins ou civils, tous les combats ! Toutes les morts ! Ah ! Si j'en ai ? Je veux !

- Mais vous semblez si jeune ?

- Pas plus que ces auteurs qu'on voit répondre à la télé sur leur premier roman. Vous avez vu leur tête ? Vous croyez que je fais plus bébé qu'eux ?

- La question n'est pas là. Pour traiter un sujet comme celui que vous suggérez, la guerre, cette horreur des adultes, il faut une maturité. Comment l'auriez-vous à votre âge ?

- En inventant ! Vi, il n'y a que ça ! Il faut tout inventer ! Car ces jeunes qu'on loue pour les histoires d'amour qu'ils racontent entre des gens mariés, ces liaisons que rien ne facilite, pas même les mensonges ou les complaisances qui devraient les aider et qui leur navrent l'âme, ces courses contre l'horaire, malgré les grèves du métro, des taxis, du courrier, malgré les embouteillages des rues et la date des règles, tout ce mal à aimer dans des passions d'adultes coincés presque de toutes parts et presque tout le temps par les contraintes de la vie professionnelle, conjugale, familiale, nationale et même internationale car l'existence de certains bandits au monde vous gâche le plaisir, vous croyez vraiment qu'ils ont cette expérience-là, ces jeunes auteurs qui n'ont encore souffert de rien, et qui se sentent si loin des soucis quotidiens des aînés ? Bien sûr que non ! Ils inventent ! Il faut bien qu'ils inventent ! Et d'autant plus qu'ils sont fils et filles de bourgeois, qu'ils n'ont donc rien appris de direct ! Ils inventent. Ou, du moins, ils le croient ! Car naturellement ils finissent par trouver des situations où des gens se reconnaissent. C'est forcé parce que la vie a encore plus d'invention qu'eux et depuis plus longtemps ! C'est un roman, la vie, ce n'est pas vous qui direz le contraire ! Elle a déjà tout mis en place, tout expérimenté. Alors, tout ce qu'on peut imaginer entre un homme et une femme d'inédit, on peut aussi être certain qu'il y a déjà eu dans le monde un homme et une femme qui ont vécu cet inouï ! Voilà ! Alors, pourquoi je ne pourrais pas inventer, moi aussi, au même âge ? J'existe autant qu'eux et tout ce que je choisirai d'imaginer d'humain aura déjà été ressenti par d'autres aussi réels que moi et ça fera un livre vivant de plus, inventé authentique !

Le fantassin n'a pas révélé son arme secrète. Renate s'est contentée d'arguments de bon sens. Elle n'a pas dit qu'elle estimait en savoir plus que beaucoup de gens et bien plus que la majorité des jeunes sur les chagrins de la présence au monde. Elle n'a pas davantage avoué qu'inventer un vécu dramatique était pour elle un effort superflu puisqu'il lui suffisait d'interroger son cœur sur l'histoire des siens pour qu'un livre de deuil s'écrive de lui-même.

Renate n'évoque pas ce sujet devant nous et encore moins à un individu installé dans la vie. Discrétion commune à tout notre groupe, à l'exception d'Armelle qui est peut-être belge. Personne ici n'exprime vraiment sa vie, sa friction permanente.

Et on a bien raison. Ce n'est pas ce qui demande l'illusion qu'il faut dire mais ce qui nous l'apporte.

Naturellement, tout ce qu'un amateur peut révéler de ses ambitions littéraires, l'impassible Li-Masson l'a déjà entendu. Les déclarations de Renate ne l'impressionnent donc pas. Il sait bien, lui, ce qui décide du choix d'une œuvre. Aussi, avec cette indifférence vaguement souriante qui n'est pas fâchée de passer pour un pouvoir de tolérance, le lointain Li-Masson, pensant à une Olga de plus en plus précise, se contente de dire :

- Faites-le donc, ce roman.

- Oh, chic ! Je peux ? Vous voulez vraiment dire que si on arrive à l'écrire, vous le lirez et qu'il pourra être accepté ?

En imagination, le lascif Li-Masson a rejoint sa maîtresse. Il ôte son pantalon devant une Olga intéressée. La brutalité pressante de la question de Renate vient donc modifier la nature de l'urgence. Très impatient lui-même à présent, l'érotique Li-Masson préfère céder pour rétablir ensuite ce qui lui semble l'ordre normal des priorités. Il acquiesce donc très vite et tout bien réfléchi :

- Mais oui.

Deux mots qui, calmant l'adversaire, permettent au rusé Li-Masson de revenir vers Olga, de ne pas rester plus longtemps en petite tenue, ce qui est une chose grotesque. Deux mots qui devraient même mettre fin au dialogue et lui éviter ainsi d'avoir à renfiler son pantalon sans profit, chose cruelle même en pensée.

Mais le dialogue recommence pourtant. Impétueuse, ayant manifestement choisi la mesure au-dessus, Renate se précipite de nouveau dans la brèche. Sans doute le sentiment grandissant d'une défaite qui, je l'ai su plus tard, la navrait pour moi explique l'excès de son jeu. Peut-être aussi une part de passion personnelle à la pensée, authentiquement sienne, d'un livre selon son cœur.

- Alors là, M'sieur ! Vous allez voir ! Vous allez voir ce que vous allez voir entre les Russes et les Allemands !

Arraché d'un coup à ses visions, ravi à une Olga déçue qui lève au ciel des yeux moqueurs, chose très offensante, frustré, rageur, sincère, l'infortuné Li-Masson pousse un rugissement :

- Quoi ? Quoi ? Vous voulez parler des Russes aussi ?

- Ben vi. C'étaient leurs ennemis. Et c'est le grand danger d'aujourd'hui, non ?

- Mais vous n'y pensez pas ! Il ne faut rien dire des Russes ! Ah, mais non ! Rien du tout ! Dites ce que vous voulez des Allemands tant que vous n'encensez pas Hitler mais ne parlez pas des Russes !

- Je ne veux encenser personne, M'sieur. Je voudrais seulement parler de mon grand-père. Il avait vingt-cinq ans et il était du peuple.

- Ah ! Les jeunes ! Il faut parler des jeunes ! Et il faut parler du peuple ! Oui ! Mais il ne faut pas parler des Russes !

- Et pourquoi ? Ils sont sacrés ?

- Ils sont voisins ! Ils arrivent ! Ils sont là ! Le Mig dernier modèle à trente minutes d'ici ! Un trajet en métro ! Alors, motus ! Discrétion ! Prudence !

- Mais c'est dégoûtant ! On peut bien dire toutes les vérités !

- Pas contre les Russes ! Pas à leur sujet !

- Vous pouvez bien dire « contre », M'sieur ! Ils mentent tellement !

- Taisez-vous donc ! Vous voulez m'attirer des ennuis avec les syndicats ? Des grèves, pour que les livres ne circulent plus, pour tuer la culture ? Des manifestations dans les rues ? Et sur la rive gauche ? Une réputation de droite ? De sale bourgeois ? De capitaliste ? D'exploiteur ? D'ennemi du social ? Non, mais ! Vous êtes folle ! Vous n'avez rien compris ! J'ai un travail ! J'assume des responsabilités ! Je participe à l'économie nationale ! Je la favorise ! La défends ! Je fais travailler des ouvriers ! Je protège l'emploi ! Je lutte contre le chômage ! Je redresse les erreurs de l'orientation ou de la nature ! Les écrivains médiocres, les chaotiques n'ont qu'à prendre un balai ! Les rues y gagneront ! Et les contribuables ! Et toute la nation ! Alors, vous voulez saccager, compromettre tout ça ? Introduire le désordre, la disette ? Mais vous êtes encore pire qu'eux, nom de Dieu ! Vous vous rendez compte ? Voilà tout ce que vous gagneriez à crier contre le régime soviétique ! Les jeunes auteurs ne pourraient plus être édités ! Taisez-vous donc ! Faites comme les autres : pas une insulte, pas une critique, pas une indignation, rien ! On ne dit pas du mal d'un mal qui vit encore, qui grandit, qui s'étend, qui sait se faire tout miel avec les Jaunes, tout réglisse avec les Noirs et comme un lys immaculé pour séduire les Blancs ! On la boucle, jeune irresponsable ! On la boucle, compris ?

Oui-da. Le petit soldat renonce donc devant la tour, si pourrie qu'elle soit et parce qu'elle est pourrie. Le combat de Renate s'achève. Ce n'était pas vraiment le sien, cette littérature. Mais d'un autre côté, qu'est-ce que c'est, la vie, si ce n'est pas écrire? Est-ce mijoter des confitures? Tordre un accordéon? S'occuper de son sexe? Plus généralement, est-ce l'égoïsme le plus direct?

L'égoïsme offre bien des avantages. Il assure une position commode en résumant tout à son bénéfice. On voit court avec lui mais on voit clair. Un autre appel en nous, tout aussi naturel, nous affirme pourtant qu'il faut y échapper. Dans quelle proportion, alors? Quel doit être ce nouveau partage du monde établi par chacun entre soi et les autres?

Le cœur rayé de cicatrices obliques, le tirailleur sénégalais M'Bo monte à son tour à l'assaut. Temps affreux, diluvien. De la pluie gicle dans tous les sens. L'averse est si furieuse qu'elle semble s'en prendre à elle-même, se retourner avec rage contre sa propre source comme si elle lui en voulait d'avoir cette violence. Les gouttes rebondissent, remontent vers le ciel, font crever leurs semblables dans le choc, hachurant sur place l'indigène.

Vraiment pas un temps à mettre un boy dehors. Et encore moins un deuxième classe des troupes coloniales dans l'enfer diluant des tranchées. Et pourtant, baïonnette en avant, le tirailleur s'élance, aveugle et sourd, dans un long hurlement. Il crie : « Liberté ! Y'a bon liberté pour les autres ! »

Le prudent Li-Masson n'en mène pas large. L'indomptable étudiant d'Afrique l'a coincé dans un angle de la brasserie où ils se sont réfugiés. Et M'Bo lui porte tout de suite le coup dont en principe on ne se relève pas :

- Vous n'avez rien contre les Noirs ?

- Moi ?

- Vous n'êtes donc pas raciste ?

- Mais comment le serais-je ? Dans mon quartier, tenez, il y a un Noir, un… un… Comment dire ?… un agent des services municipaux. Hé bien ! chaque matin, quand il me voit, il me fait un très large sourire, un signe du balai, me lance un mot rieur. Il est très sympathique et je l'aime beaucoup. C'est la joie de vivre, ce brave homme.

- Peut-être, mais ça ne vous ferait rien si j'épousais votre fille ?

- Si j'avais une fille, qu'elle vous aime et qu'elle veuille unir définitivement sa vie à la vôtre, je serais le premier à devoir accepter ce mariage.

- Et si je l'amenais dans mon pays, chez ma mère ?

- Croyez bien que si j'avais une fille, qu'elle soit réaliste et qu'elle n'ait pas la nostalgie de Paris, elle saurait conquérir tous les cœurs et se faire accepter de toute votre tri... famille !

- Mais si nous avions ensemble une demi-douzaine d'enfants noirs ? Les feriez-vous sauter sur vos genoux sans pensées troublantes, sans une sorte de tristesse ?

- Ah ! Si j'avais une fille et qu'elle soit féconde et qu'elle veuille des enfants et qu'ils soient vraiment noirs, hé bien ! je serais très content tout de même ! C'est si mignon, un négrillon !

- Vous n'êtes donc pas raciste ?

- Non, mon vieux, désolé !

M'Bo sort alors sa deuxième botte tout aussi meurtrière :

- Ni paternaliste ?

- Non plus, mon ami, non plus !

Entre ces deux adultes responsables et parfaitement conscients, le débat peut dès lors s'engager sur la plate-forme commune de l'égalitarisation dans l'identificavité ou, ce qui revient pratiquement au même, sur la base d'une identitude dans l'égalisement.

Et M'Bo commence :

- Ce que je veux, moi, c'est parler de l'Afrique.

- L'Afrique ? Oui, très bien, l'Afrique ! Bon sujet ! Et puis, quel magnifique nouveau système d'explication du Mal ! Le christianisme avait le péché, c'est-à-dire la femme. Tout à fait dépassé, n'est-ce pas ! Le tiers-monde libéré, souverain, propose le colon, son petit-fils du moins, le néo-colon, c'est-à-dire l'homme. Tout le monde est servi ! Et ce n'est que justice !

- Mais moi, ce n'est pas ce que je veux dire. C'est la réalité quotidienne, vécue, la réalité politique.

- Politique? Je vois! Les nouveaux États! Les puissances montantes! Les jeunes légitimités fières et fortes à peine nées et activistes d'emblée! Les trônes et les dominations! Oui, je vois! Spectacle éblouissant! Grandiose! À la mesure de tout un continent, berceau de l'homme et son futur triomphe! Regardez avec moi!

Voici que s'avance sous le soleil glorieux, lumière des grands débuts, un cortège officiel. Voici les rangs serrés des motos qui progressent dans un ordre impeccable. Les casques, les chromes et les phares lancent des éclairs tandis que le grondement régulier des moteurs, passant comme un tonnerre roule sur la savane, fait comprendre à la foule électrisée que l'homme ici aussi va dompter la nature par la science et la technologie. Les joues des motards luisent du même éclat. Leurs regards brillent. Tout sur eux et en eux est nouveau, flambant neuf, et leur inspire une joie rayonnante : équipement, fonction, dignité. Ainsi bottés, casqués, gantés, sanglés, impressionnants comme il convient, ils annoncent le chef dont les portraits géants ornent les avenues.

Et le voici. Debout comme un colosse, voici le chef, le Maître, le grand Libérateur. Son sourire et son complet sont neufs et lui-même n'est ni chargé d'années ni ancien dans le poste. La voiture qui l'offre à l'admiration des siens, camarades ou sujets, est superbe elle-même. Sa longueur émerveille et son prix en impose. Rien dans ce carrosse étincelant ne le cède en magnificence aux chars des autres États dans lesquels on voyait passer naguère les Chefs de l'Occident eux-mêmes, les Guides, les Conducteurs, les Pères, petits ou saints mais tous sauveurs qui n'ont rien épargné.

M'Bo lève une main, ouvre la bouche, veut prendre la parole. Le vif Li-Masson ne lui en laisse pas le temps :

- Vous pensez que je me moque ? Erreur, mon jeune ami, erreur ! Ces fraîches républiques, ces royaumes de vingt ans ou ces empires de la dernière pluie ont tous le droit de s'inspirer du faste que l'Europe, vieille dame économiquement faible, ne peut plus s'offrir. Quoi de plus naturel que l'homme mette ses pas dans les traces de l'homme quand il s'agit de vanité ? C'est le sentier le plus battu du monde.

...Et pourquoi les peuples libérés n'exerceraient-ils pas leur droit à l'apparat ? Ce droit, ils l'ont conquis avec les autres et si tous sont sacrés, chacun est essentiel. On n'est libre de rien si ce n'est pas de tout. Vous n'imaginez pas les tribus souveraines fêter leur délivrance en la personne de leurs chefs, leurs nouveaux maîtres adulés, sans la pompe qui marquait la morgue et la puissance des colons détestés ? Vous n'envisagez pas sérieusement que des populations désormais et soudain responsables célèbrent leur droit à l'identité, au retour à leur naturel, en transportant leurs idoles dans des paniers d'osier avec une haie d'honneur de guerriers au nez percé d'un os et brandissant des sagaies ?

...L'indépendance des ethnies et des clans qui les composent donne d'office à ces nations le droit au respect général, même si ces ethnies et ces clans voient momentanément dans cette liberté l'occasion de s'entre-tuer. Le décorum international s'impose donc à ces nouveaux États comme la cravate aux congressistes de Genève.

...Mais, me direz-vous, le faste n'est pas tout. Encore faut-il que le personnage majestueux annonce l'homme de valeur et la façade du château l'âme du châtelain. Qu'ils commencent toutefois par où ils peuvent. Le reste leur viendra dans la suite des siècles. L'Europe n'est devenue un concert de nations policées qu'avec le temps, beaucoup de peine et de pensée, et je ne compte pas dans cette lente élévation l'Inquisition, la Gestapo, le Guépéou et toutes les entreprises qui ont œuvré dans ses sous-sols. L'Afrique en marche commence par les belles autos et les grosses motos ? Que voulez-vous ! Dans ce monde matérialiste et mécanisé dont nous offrons l'exemple, il est fatal que l'essence précède l'existence !

M'Bo lève la même main, ouvre la même bouche, veut dire enfin son mot. Mais le rapide, l'habile Li-Masson esquive encore, lui refuse ce droit une autre fois bien que son cœur appartienne aux affamés de la Haute-Volta et du reste du monde dont on parle à Paris :

- Je sais ! Je sais ! Vous allez m'objecter que plate imitation et identité profonde ne vont guère mieux ensemble qu'emprunts à l'étranger et patrimoines ancestraux. Mais je vous répondrai ceci : qu'est-ce que le vœu d'identité, en somme ? Est-ce le désir de devenir totalement soi-même ? Mais que peuvent désirer totalement au fond d'eux-mêmes des gens privés de tout depuis toujours sauf des exemples de la consommation ? Ils veulent consommer à leur tour. Ayant conquis d'un coup, le jour de leur indépendance, tout ce qui fait l'avantage moral d'une souveraineté, il leur restait à accéder à ce qui fait l'autre bonheur de vivre, plus quotidien et moins philosophique : les bienfaits matériels.

...Qui les condamnerait dans nos pays dévoreurs d'appareils ? Et s'ils ne trouvent pour l'instant sur leur marché que des produits de l'étranger, qui pourrait en Occident les blâmer de se jeter sur eux ? Croyez-vous que les jeunes Français qui défilent sur leurs motos pour dénoncer les taxes qui pourraient frapper ces machines et qui ne défilent pas pour condamner le chômage dont on ne devrait pas les frapper eux-mêmes, croyez-vous qu'ils s'offusquent de l'origine de ces engins clinquants ?

...Ils roulent, ils consomment, ils jouissent. Point de nationalisme. Individuelle, régionale ou nationale, la recherche d'une identité ne doit pas se confondre avec celle du profit ni se compromettre dans les jeux commerciaux, surtout, naturellement, quand on a plus le goût de la pensée revendicative que celui du travail.

...Alors, l'exemple que montrent ces jeunes consommateurs, derniers produits eux-mêmes de mille ans de réflexions, d'épreuves et de souffrances collectives, comment ne serait-il pas suivi par des débutants dans le monde, qui, ayant tout à apprendre, préfèrent commencer si possible par le côté plaisant ?

...Ah ! L'Afrique, jeune homme ! Début et aboutissement ! Comme il faut la comprendre et l'aider ! Sa jeunesse nous rappelle la nôtre ! L'Afrique ? Une Afrique moderne et motivée ? Devant une Europe que les souffrances et les difficultés ont éloignée de ses premières certitudes peut-être trop simplistes, l'Afrique est le progrès en marche vers le passé de l'Occident !

Pluie ! Pluie ! Pluie ! Le ciel ruisselle, l'eau martèle les mots. Pendant tout ce discours retardateur, on a pu voir des groupes de Japonais, d'une impassibilité parfaitement feinte, s'aventurer sous le déluge, plus minces que jamais. En vain. Et même à tort car tous ont disparu, les uns dans les bouches d'égout, les autres par les grilles d'aération du métro. Le dernier, plus affranchi, s'est vu expédié par le vent dans une boîte à lettres.

Une saine fureur a saisi M'Bo soumis à ce torrent de phrases. Une indignation de jungle devant le gaspillage ou l'artifice colonial. « Mais il m'emmerde, ce vieux con ! a-t-il pensé en serrant les poings. Il va me laisser parler, oui ou non, ou je lui rentre dedans, moi ! »

Mais, il est M'Bo, maître de lui avant de l'être de l'univers. Il parvient donc à se contenir. Sa conscience politique lui dicte ce contrôle. C'est par l'argument qu'il veut l'emporter, non par la violence. Et puis, ce vieux phraseur qui a réussi à éluder jusqu'ici l'essentiel, ne s'en est pris, en somme, qu'au christianisme, aux motards et, peut-être, aux cravates. Or, M'Bo n'a pas de moto. Il ne possède qu'une voiture, américaine et quasi neuve, qu'il a eue d'occasion, une affaire, paraît-il, avec ses plaques en TT.

M'Bo ne se sent donc pas concerné et cette aisance contribue à son apaisement. Il se contente de dire :

- Mais nom de Dieu ! Vous allez me laisser parler, oui ou merde ?

Révolte dans le monde. Un cri s'est élevé, de la forêt, de la brousse, des grands lacs, d'une steppe, qu'importe ? Sa puissance a brisé les ronronnements des peuples assoupis. C'est comme si la pluie s'arrêtait d'un coup. Tout cesse, les conversations dans le café, le roulage dans les rues, le halètement de la planète elle-même. Tout fait silence, attend. C'est l'éclipse, moment prodigieux qui suspend tout sur terre.

Mais, lancé, Li-Masson ne craint ni le ciel ni l'injure. Il se précipite donc sur l'agresseur :

- Nom de Dieu vous-même ! Dites-le donc une fois pour toutes ce que vous voulez dire !

Et M'Bo :

- Mais je m'en fous, moi, de votre Afrique ! La vraie, la mienne, elle crève de faim, elle meurt tous les jours un peu plus à mesure qu'elle naît davantage ! Voilà ce que je veux dire, moi, la faim !

Alors, un autre phénomène intervient. L'infect, l'ignoble Li-Masson entre dans l'autre phase, dans la sincérité. Est-ce l'effet céleste ? Un pli de son âme qu'ouvre le vent solaire ? Qui peut dire les gens avec tous leurs recoins ? Jean-Hervé Li-Masson se métamorphose à vue. Son nez perd son tranchant, sa taille sa hautaine hauteur, un peu plus de chair donne à son corps cette sympathie qu'on trouve chez les bons gros, ses lèvres semblent plus généreuses, le regard s'adoucit ne tombant plus haut et l'assurance fait place à un ton plus familier, plus pénétré : « Oui, dit-il, ajoutant ce qui pourrait sembler inutile et qui ne l'est pas : je sais ».

L'arme tombe du poing du tirailleur. C'est la paix, espérée, imprévue. Elle le saisit et, vainqueur, il s'y abandonne, il se rend. Les bruits de la vie sont revenus. Un Japonais réapparaît. Il enregistre la pluie de Paris. Elle danse sur la ville, ne la mitraille plus et M'Bo, soulagé, la sent couler en lui comme l'eau fraîche qui calme les brûlures.

- Oui, répète son compagnon. La faim dans le monde est le plus grand des problèmes qui se posent aux nations. Sans doute le seul d'ici à dix à vingt ans. Dans vingt ans, la population du Tiers-Monde aura doublé. Alors, devant de tels chiffres, devant de telles perspectives, quelles pourraient être les autres priorités des hommes? Le droit fondamental à la liberté apparaît lui-même presque comme une urgence secondaire. Quant à ce que les grands États bien nourris appellent leurs problèmes, comme ils semblent mineurs sinon futiles!

M'Bo approuve. Il est vraiment heureux. Une sérénité le gagne, pour la première fois peut-être. Peut-être même va-t-il sourire. Son air apaisé semble annoncer qu'il cède, qu'il consent et qu'il va lui aussi poser ses lèvres sur la bouche du monde.

- Dérisoires, certes – poursuit son compagnon – les luttes électorales, les conflits des partis, les colères des groupes, les grèves d'un jour, les banderoles, les états d'âme d'un ministre ou le sort d'une usine. Ces grands événements ne sont qu'anecdotiques et si réels que soient certains drames, leurs dimensions paraissent négligeables à l'échelle du globe. Et comme elles sont même indécentes, injurieuses, quand il s'agit de la souffrance des trois quarts de l'humanité, ces effervescences, ces chahuts de village, ces émois de hameau! Que d'insignifiances dans la vie quotidienne d'une nation repue!

M'Bo approuve encore. Il n'a pas jugé trop longues ces paroles du cœur mais il chasse l'idée de sourire qui l'a tenté. Il n'est pas honorable de se contenter d'une victoire d'amour-propre quand on n'a réussi qu'à faire admettre le mal dont souffre le monde au lieu de mobiliser pour le vaincre tous les moyens des hommes et toutes les nations.

Un grand espoir survit au sourire mort-né :

- Alors, c'est d'accord ? C'est bien ce livre qu'il faut faire ?

Avec quelque chose de gluant dans son regard qui de nouveau glisse de haut, l'infâme Li-Masson laisse alors s'écouler cette sorte de bave :

- Non, pas du tout. C'est au contraire un sujet détestable. Il n'intéresse personne.

Sur le trottoir d'en face, un Nippon, les dents en éventail, fait un authentique faux pas et tombe en avant sur elles, ce qui n'arrange rien. Sous le choc, M'Bo reste d'abord muet. Un fleuve sauvage le traverse, dévaste, emporte tout. Un mot passe, une épave. Il s'y agrippe :

- Mais…

- Mais quoi ? Il faut regarder les choses en face. Observez les gens. Que font-ils devant cette réalité catastrophique ? Rien. Comme les gens que j'observais autour de moi à votre âge. Ils ne font rien, à croire que ces choses-là, horribles, se passent sur une autre planète ou dans un autre temps. Et encore, ceux d'il y a vingt ans n'étaient peut-être pas tellement au courant de la situation. Ils ne faisaient que se douter du mal, n'en mesuraient pas toute l'ampleur ni la proximité. On ne leur avait pas encore dit et redit et montré dix fois plutôt qu'une l'agonie en gros plan des malheureux dont les regards ne sont pas soutenables. C'était peut-être leur excuse.

…Mais maintenant ? Maintenant que la télévision montre dans chaque appartement toutes les faces et toutes les plaies du globe, qui pourrait prétendre en France ignorer qu'on meurt de faim à quelques heures de sa salle à manger? Qui n'a pas vu désormais une fois ces sortes de cadavres qui marchent encore un peu, ces enfants que l'inanition charge d'un ventre énorme, d'un ventre gonflé de faim, sur des jambes de squelette?

...Ces images atroces, elles sont entrées partout et le plus souvent au moment du repas, pendant les informations. Des millions de Français les ont donc regardées à table et si elles les ont touchés, consternés, gênés peut-être aussi, elles n'ont pas ralenti leurs fourchettes ni freiné leurs mâchoires.

...Voilà. C'est tout. Nous avons la science et nous avons la conscience et rien n'a changé, rien ne s'est amélioré. C'est encore et toujours la mort du petit zèbre. L'Afrique en somme, c'est comme un accident mortel. Ça n'arrive qu'aux autres. Les nations savent et les nations n'agissent pas. L'Europe continue d'enfourner, bâfre même de plus en plus. Il faut vous résigner. Ou croire pour nous excuser tous qu'il s'agit d'une grande loi naturelle qui nous dépasserait. Le monde ne peut se maintenir sans doute sans cette indifférence.

- Mais c'est dans l'injustice qu'il se maintient, alors!

L'abominable Li-Masson hausse les épaules et son ton indique bien que ce geste d'impuissance ne l'affecte plus :

- Ce qui augmente encore le nombre de malheureux sur terre en révoltant ainsi les esprits généreux.

Mâchant à toute gomme, la camarade Marie-Rose fonce sur l'ennemi de première classe :

- Dites, vous avez quelque chose contre les ouvriers ?

- Mais rien du tout, puisqu'il en faut !

- Et contre les congés payés ?

- Mais rien non plus, puisqu'ils en veulent !

- Alors, on a le droit de faire une histoire sur ce sujet, les premières vacances, en 1936 ? Vous voyez ce que je veux dire ?

- Oui.

- Sûr ? Dites voir ?

- Dieppe, non ?

- Vi !

- Les petites secrétaires aux longues jambes nues, les ballons dans les dunes, le sable sec qui cède et le sable mouillé qui résiste et qui fait mal aux talons quand on court ?

- Vi ! Oh Vi ! C'est tout ça qu'il faut dire !

- Personne ne vous en empêche.

- Vi, mais… c'est qu'il y a autre chose…

- Quoi ?

- Le salopard, tiens donc !

- Vous avez un cochon ? Voyeur ? Exhibitionniste ? Un priapique ?

- Un quoi ? J'ai dit un salopard, c'est clair ! Un fumier, un sale type, le méchant, quoi, vous comprenez ?

- Oui mais c'est moins intéressant.

- Au contraire !
- Et pourquoi ?
- Puisque c'est un Alsacien !
- Un Alsacien ? Vous faites un méchant d'un Alsacien ?
- Vi. Et si vous voulez, je vous le répète.
- Mais vous êtes infernale, vous ! Malsaine ! Et pire que les autres ! Un Alsacien dans le mauvais rôle ! Non, mais ! Et mon comité de lecture ? Qu'est-ce que vous en faites de mon comité de lecture ?
- Je n'en sais rien, moi ! Et d'abord, qu'est-ce que c'est, ça encore ?
- « Ça », c'est les gens qui lisent et jugent les manuscrits avec moi, figurez-vous ! Voilà ce que c'est !
- Et alors ? Ils diront : Vi, c'est bien ça ! C'est bien un Alsacien !
- Mais bon dieu de bon dieu ! Vous savez qui il y a dans mon comité de lecture ?
- Dites toujours même si je m'en fous.
- Erckmann et Chatrian !

Bachir monte à son tour en ligne mais comme on descend de Menilmuche, les mains aux poches et nonchalant :
- Vous n'avez sûrement rien contre les Arabes, vous, s'pas ?
- Moi ? Si j'avais un frère, je les aimerais comme lui !
- Alors, ça va. Salut.
- Hé ! Ne partez pas tout de suite ! J'ai besoin d'une réponse : c'est sur les Arabes, vous, que vous voulez faire un livre ?
- Mais je ne veux pas faire de livre, moi ! C'est péché.
- Ah ! Bien ! Très bien ! Ça va !

Du haut d'une des tours de Notre-Dame, Olga regarde au loin, me laissant admirer son profil que nimbe tout Paris. Vers le sud, vers le nord, encore très bas sur l'horizon, des avions viennent de décoller. On les saisit dans leur premier effort et leur travail se devine malgré l'absence du vacarme qui l'accompagne d'habitude.

Dans ce silence étrange, le visage d'Olga montre un bonheur qui ne m'est plus tout à fait familier. Son regard a la tension du navigateur qui veille sur le cap mais toute son expression est celle de la sainte qui ne touche plus terre. Cet air songeur et vigilant, cette extase attentive me rappellent quelque chose, une réalité qui me semble proche et qu'ils compléteraient. Désœuvrée, je cherche, les yeux au ciel. Un avion le traverse, très haut. Sa trace d'un blanc doré le suit comme un trait à la règle. Mais loin derrière l'appareil, quelque chose de mou commence à se passer. Les condensations rectilignes se relâchent, se mettent à onduler. C'est fini. Il n'y a pas d'effort continu possible, pas de victoire nette jusqu'au bout. Toujours une mollesse arrive qui nous fait flotter l'âme.

Mais je viens de trouver ce que je cherchais et c'est une consolation. Regardant cette fille dont les yeux suivent des avions et voient on ne sait quoi, j'ai le sentiment de contempler moi-même la plus émouvante de ces faces pensives qu'un Moyen-Age ailé a suspendues partout au-dessus de Paris et de la France entière aux voûtes des cathédrales.

La petite dernière de ce monde fervent abandonne l'horizon, se tourne vers moi, fait une grimace et redevient Olga :

- Oh ! Là ! Là ! Qu'est-ce qu'on prend ! Il nous esquinte vachement ! Tu as vu comme il les a descendus en flammes ?

C'est du cruel Li-Masson qu'elle parle et de la façon radicale dont il a abattu notre première vague d'assaut. Un Japonais fluet s'approche alors de nous, s'incline et de sa voix de roseau adresse le plus poliment du monde à ma sculpturale compagne quelques mots que je n'arrive pas à entendre. Très affable elle-même, Olga lui fait un grand sourire, se penche et, trop fort comme d'habitude, demande : « Quoi ? Vous pouvez répéter ? » Son métier l'a rendue un peu sourde. Olga travaille dans une fabrique d'amortisseurs. Nous sommes allés la voir, une fois. C'était une journée « Portes Ouvertes ». Mais on a dû se boucher les oreilles.

Devant le mouvement de recul du touriste surpris, Olga, vexée, s'en prend à moi :

- Tu vois ? On est bien mieux dans un parc pour parler !

- D'abord, ma grande, je te ferai remarquer que c'est toi qui as voulu venir ici. Et puis, de toute façon, ici ou ailleurs, ça commence très mal pour nous comme tu disais…

Olga se laisse facilement ramener au sujet :

- Oh ! Là ! Là ! Vi ! Quel massacre ! Et il n'est vraiment pas chic ! Il les laisse parler, bien dire tout, s'encourager en somme et puis, d'un coup, paf ! C'est non ! La baffe !

Elle me regarde, inquiète :

- Tu ne vas pas me demander d'y aller, moi aussi ? Ça serait encore plus gênant pour moi, tu comprends ?

Je ne désire pas qu'elle insiste sur sa position personnelle. D'un geste, je l'interromps :

- Meunon, bien sûr ! Mais je n'ai rien demandé aux autres, non plus. Tu n'as pas le droit de dire ça. Je ne force personne !

- Vi… Vi… Si tu veux… En tout cas, moi, je ne lui demanderai rien. On ne me dit pas non, à moi !

Je le sais et j'envie Olga. Sa force, sa chance, c'est d'avoir à offrir ce qu'on n'a pas à refuser. Puis, Olga revient à des soucis plus communs :

- Et tu crois qu'avec les autres, ça va être pareil ?

On peut le craindre, oui. Pourquoi la deuxième vague passerait-elle mieux ? Le barrage demeure. Milan ne réussira sans doute pas plus avec sa vieille Égypte que M'Bo avec sa jeune Afrique et les beaux paquebots de Marine finiront échoués sur le même rivage où rêvait Marie-Rose.

- Probable qu'ils vont se faire étendre…

Et Olga crie :

- Mais bon dieu ! Qu'est-ce qu'il faut faire, alors, comme livre ? Tu le sais, toi ?

- Ah ! Surtout pas de questions là-dessus !

Je le dis à Olga :

- Surtout pas un mot à ce sujet, tu piges ?

- Mais ne m'attrape pas ! Ce n'est pas ma faute ! Je voulais juste savoir ! Je ne veux pas que tu m'engueules, en plus !

Olga est fâchée. Elle a raison. J'ai honte. Mes doigts trouvent sa main, sa hanche vient s'appuyer sur la mienne. Olga ne m'en veut plus mais elle ne sait pas plus que moi comment continuer. Du regard, elle fait le tour de Paris puis du ciel et je vois dans ses yeux qu'une idée lui vient.

- Dis, Van-Van, ça ferait une tour de contrôle drôlement chouette, ici, non ?

J'embarque sans délai :

- Vi ! Mais pour quel genre de circulation aérienne, d'après toi ?

- Ça, je n'en sais rien mais il a toujours dû y avoir des choses dans le ciel, à mon avis… Est-ce que tu crois aux soucoupes volantes, toi ?

- Non, mais je crois qu'il y a des gens qui en voient.

- Non, mais je crois qu'il y a des gens qui en voient.

- Hé ben, alors? D'autres gens ont dû voir d'autres choses à d'autres époques, voilà tout!

- Mais quoi, ma grande?

- Je n'en sais rien, moi! Des saints… Vi! des saints… à auréole rotative! Et puis des anges à réaction, avec du feu aux fesses mais des flammes bien blanches, tu sais, comme dans les fusées des films. Et puis, des martyrs qui montent au ciel en pièces détachées. Et des damnés qui descendent en piqué. Et…

- Mais s'ils descendent, ceux-là, c'est qu'ils étaient d'abord montés aussi?

- Ne me coupe pas, merde!

- Ça va! Ça va! Continue, grossière! Et parle un peu moins fort!

- Tu m'as coupée! Voilà! Je ne trouve plus rien!

- Excuse-moi. Mais au lieu de raconter des bêtises, tu ferais peut-être mieux de me dire ce que tu as sur le cœur?

- Qu'est-ce que tu en sais d'abord, si j'ai quelque chose?

- Ça se voit.

- Tant que ça?

- Ça dépasse!

Ma main prend son sein gauche. Olga me regarde, baisse les yeux, pousse résolument. Mes doigts s'enfoncent en elle. Puis Olga se retire, un peu rose des joues et le souffle un peu court, pas davantage :

- Tu changes, toi!

Peut-être. En tout cas, je ne me suis jamais sentie aussi désespérée qu'en ce moment. J'ai beau parler d'avancement, c'est toujours à mi-chemin qu'une détresse m'incite à l'abandon.

Par bonheur, Olga continue, d'un air gêné mais prometteur :

- Moi aussi…

Je veux encore jouer mais j'ai du mal à me remettre en joie :

- Quoi, toi aussi ?

- J'ai dû changer aussi. Je te parle de ce qu'on a déjà dit.

- Tu quittes l'aviation ? Tu t'engages dans l'artillerie ?

Le rire d'Olga laisse de pierre les gargouilles mais surprend les gens autour de nous :

- Meunon ! Je te parle de ma première idée. Adrienne, Adrienne et Richepoux, là ! Tu y es ?

- C'est ça que tu changes ? Mais, Olga ?...

- Bien obligée ! J'ai réfléchi. Ça ne pouvait pas coller du tout avec eux, alors j'ai trouvé mieux !... Je crois !...

- Dis vite !

Mon impatience me punit. Je vois bien qu'Olga va prendre tout son temps, au contraire, parce qu'il s'agit d'une chose qu'elle veut traiter avec respect. Il faut que je m'incline :

- Je t'écoute, ma grande.

- Tu te rappelles que c'est cette différence d'âge entre eux qui m'embêtait ? Alors, j'ai pensé que, pour la supprimer, il fallait que je les abandonne carrément, eux, et que je les remplace par des personnages inventés. Tant pis, que veux-tu ? Mais, au moins, qu'ils soient bien, ces deux autres ! Et tu vas voir, je les trouve pas mal... et ils ont le même âge !...

Olga s'arrête, me regarde avec cet intérêt qui n'a jamais faibli depuis le premier jour :

- Dis, il y a bien un prénom français que tu voudrais porter ? Ton prénom préféré ?

- Colette !

- Alors, on l'appelle Colette !

- Merci, mais qui ?

- La fille ! L'amoureuse !

- L'aviatrice !

- Non, pas du tout ! Elle n'est jamais montée dans un avion, Colette, et elle ne volera jamais ! Et ça, tu sais, c'est émouvant parce que l'aviation l'aura passionnée jusqu'au bout !

- Et lui ?

- C'est Paul. Tous les hommes devraient s'appeler Paul.

- Sûrement. Et il n'est pas aviateur non plus.

- Au contraire ! Il va le devenir ! Il s'engage dans la chasse à la guerre.

- Laquelle ?

- La dernière, mais rien qu'au début. Leur histoire se passe d'abord avant 1939 et juste après, ensuite, parce qu'après, ils meurent.

- Tous les deux ?

- Lui d'abord, puis Colette.

Je n'ose plus rien demander, n'aimant guère qu'on choisisse la tristesse. Si on choisit, c'est qu'il y a quelque chose de libre, donc de faux dans la peine. Le vrai chagrin est comme la vie elle-même, une obligation. Mais je dois à Olga tout l'amour qu'elle me porte et peut-être encore plus que mon amour pour elle : une reconnaissance, la gratitude que j'éprouve chaque fois que je me sens meilleure grâce à elle. Un silence de ma part la blesserait alors qu'elle est visiblement enchantée de parler de ses rêves. Il faut donc continuer :

- Colette et Paul, moi, ça me plaît beaucoup, ma grande.

- Attends ! Ce n'est pas fini ! Il y a aussi leurs noms de famille !

- Tu veux peut-être que je devine encore ?

- Ah ! Impossible cette fois !

- Pourquoi ? C'est des noms de Chinois ?

- Non : d'avions !

- D'avions ? Tu veux dire : Colette DC 10, par exemple ?

- Meunon ! Potez ! Colette Potez ! C’est merveilleux, non ?

- Vi ! Et tu paries que je sais à quoi elle ressemble, cette fille qui a un si beau nom ?

- D’accord ! Dis voir ?

- Ta sœur jumelle, si tu en avais une !

Olga ne répond pas mais je vois naître et grandir son sourire. Pour le reste du portrait, je veux également prouver que je sais deviner. Ce sont les travailleurs qui assurent généralement le succès des films d’impératrices romanesques, libérées des soucis de l’argent. Je demande donc :

- Et cette Colette, c’est une ouvrière, aussi ?

- Tu rigoles, non ? C’est quelqu’un de très bien, une héritière, fille unique et tout ! Elle passe tous ses étés en Normandie près de la mer dans une villa magnifique de deux étages au bout d’un parc en pente et toute couverte de verdure et de roses.

De verdure et de roses… Moi aussi, j’en ai vu, de ces maisons trop belles, dans un vieux numéro de l’Illustration feuilleté à Saint-Ouen un dimanche. Et j’ai longtemps rêvé, tout ce jour-là et d’autres.

De verdure et de roses… « It was roses, roses, all the way » comme aurait pu citer ma mère qui lisait les poètes anglais.

Elle était australienne et son cœur sautait de joie lorsqu’elle regardait les grands kangourous gris bondir sous les eucalyptus. Comme ce cœur était fragile, ma mère contenait son allégresse d’une main qu’elle pressait sur sa poitrine. Et, sage et folle comme toutes les jeunes filles, elle rêvait qu’une autre main, plus forte, celle d’un homme, pressait aussi ce sein.

C’est dans cette jubilation, mortelle car les kangourous ignoraient que leur chair nourrirait un jour les chiens de la Courneuve, que mon père se présenta. Comme il n’avait rien

Courneuve, que mon père se présenta. Comme il n'avait rien de particulier à faire, il me fit, me vouant ainsi au général qui s'est vite avéré un problème bien trop vaste pour moi.

Ils étaient de passage dans les îles lorsque j'ai fait comprendre ma sotte hâte d'apparaître. Je les ai donc précipités. Il a fallu faire trop vite. Tout a ainsi mal fini pour l'une, mal commencé pour l'autre. Ma mère est restée sur place. Elle est enterrée dans une île qui n'est pas une terre. Je hais ces émergences incapables de former des continents ou même des pays. Leurs prétentions aux fermetés, aux consistances géographiques me paraissent odieuses. Leurs paradis me glacent.

Ma mère est donc seule et immobile sous les pas cadencés de danseurs qui évoluent en guirlande avec leurs faces mûres, leurs ventres ronds, leurs tétons rebondis. Ils dansent, ils chantent, elle dort mal. Elle dort mal, cette jeune Australienne, sous de faux arbres qui ne tiennent pas droit. Je hais les cocotiers, toutes ces choses obliques.

D'Australie à la Courneuve en passant par les îles Marquises, je ne dirai pas : « Quelle déchéance ! » car personne à mon avis ne connaît l'itinéraire ni la destination véritables mais simplement « Quel échouage ! ». Et ce n'est pas vraiment triste. C'est la vie. Il y a même quelque chose de revigorant dans cette expression si brève, si vive comme un rire.

La vie ! C'est une sorte de cri joyeux qui nous échappe, fatalement pour ainsi dire. Un appel qu'on lance. Donc, une direction qu'on donne. Un encouragement. « Par ici ! » Et la réponse, elle-même naturelle : « Oui ! Oui ! On vient ! On y va ! On arrive ! » Ah ! Les surprises de l'arrivée ! De cette nouvelle étape ! Les efforts qu'elle demande toujours ! Jeune ou moins jeune ! Ici ! Là ! Encore ! On s'adapte ! On essaie ! Muscles, regards, pensées, tout travaille ! Tout cherche à s'ajuster ! Et le cœur en premier ! Vite, vite, dit-il, de l'amour ! de l'attention ! C'est urgent !

Au secours ! Ici ! Là ! Encore ! Jeune ou moins jeune ! Pacifique ! Autres mers ! Vraies terres sous les pieds ! Paris ! Banlieue ! Tout est si contraignant ! Certes ! Toujours ! Fatigues ! Mais un plaisir dans l'énergie que tout demande ! Et qu'on déploie ! Pour rien ! Ah ! Galères, sans doute ! Sans aucun doute ! Mais bannières aussi ! Étendards et trompettes ! La vie !

La vie… Ma mère serait là, chez nous, dans ce deux-pièces d'HLM ou dans une maison bien plus belle, peut-être. Immense et mince, encore si jeune dans l'étroite cuisine que je viens de repeindre, ou dans une autre cuisine. Un bruit de vaisselle m'indiquerait sa présence. Un robinet qui s'arrête de goutter me dirait sa main. Tout me dirait sa vie si je ne l'avais pas tuée. Mon cœur serait plein de kangourous bondissants et le parfum des fleurs d'eucalyptus me griserait comme un baiser d'amour. Non, je n'ai de haine pour personne. Il n'y a vraiment que moi que je n'accepte pas.

Olga tend tout un bras, pointe l'index, souplement, dans un geste superbe, celui du Créateur qui va toucher Adam, l'éveiller à lui-même. Un frisson me parcourt comme si j'étais cette première créature sous le doigt de son dieu. D'où venu ? et de quelles hélices ? un souffle nous arrive et Olga, contre moi, tremble aussi.

- Là-bas, dit-elle, le Bourget…

Les réactions des intellectuels parviennent quelquefois à ressembler à celles de tout le monde. J'ai fait cette constatation lorsqu'Armelle m'a annoncé qu'elle irait affronter à son tour l'indomptable Li-Masson. Abandonnant son poste d'observation d'où elle n'aurait certainement épargné personne elle-même, Armelle a voulu rejoindre les combattants de la première ligne. Courage qu'il fallait reconnaître et que j'ai salué.

Tout en saluant, j'ai essayé de comprendre les raisons de ce zèle. Griserie de la poudre? Mais cet esprit mordant proclame volontiers son pacifisme. Solidarité? Ce serait le rapprochement d'un « vous » qui garde ses distances. Ambition littéraire plus réelle, plus personnelle que la très chère ne l'a dit? Mais Armelle compte parmi ces intelligences qui préfèrent à la création elle-même l'œuvre parallèle que font leurs commentaires en marge du livre ou de la vie des autres.

J'ai donc plutôt pensé à un geste d'orgueil. Armelle a dû se dire qu'étant ce qu'elle était, elle ferait mieux que les autres, qu'elle réussirait là où ils ont échoué puisqu'ils sont ce qu'ils sont. Ainsi, la précieuse Armelle aura réagi d'une façon très ordinaire car je ne vois rien de plus commun que la bonne opinion que chacun a de soi.

Mais cette explication m'embarrasse en partie. On a dit qu'il n'y a pas de vanité intelligente. Or, Armelle est tout le contraire de la fille stupide. D'où le désagrément d'avoir à lui prêter une attitude qui la dessert en la contredisant. Et pourtant, d'un autre côté, quel réconfort de voir une intellectuelle passer aux actes ! Comme tout en paraît plus simple !

Vêtue de long, de flou et d'un charme hors du temps, Armelle se présente et Armelle veut vaincre.

- Monsieur, dit-elle, je me flatte de croire que vous n'éprouvez aucune sorte de sentiment défavorable envers les intellectuelles.

Et l'infect, qui aime se vautrer sur Olga parce qu'il la sait incapable d'une phrase pareille :

- Aucune, absolument aucune ! Au contraire ! Et, distrait ou perfide, il ajoute : vous pensez !

Armelle fait donc un autre pas en avant :

- Sans doute, alors, ne ressentez-vous rien non plus contre les cérébrales lorsqu'elles s'énamourent ?

Et l'autre, qui se vautre avec d'autant moins de scrupules qu'il ne redoute aucun excès de sentimentalité de la part de sa partenaire :

- C'est encore mieux, Madame ! C'est la femme complète ! L'épanouissement !

L'effronté Li-Masson fait ensuite semblant d'hésiter, puis, certain de l'impunité, lance trivialement : « La tête et les jambes, en somme ! ».

Les intellectuelles offrent un avantage. Rien de ce qu'elles veulent être ne les autorise à refuser les audaces verbales, les images scabreuses. Armelle ne bronche donc pas. Au contraire, elle sourit. Sa cause progresse comme elle le pensait. Un autre pas, décisif :

- Dans ce cas, que diriez-vous d'une histoire d'amour, sincère bien que brève, intense, lumineuse, triste et j'en passe, entre une jeune femme mariée et un homme également marié mais bien plus âgé qu'elle ? Que diriez-vous s'ils s'aimaient à Paris les deux mois d'un printemps, avec la profondeur, la tendresse, l'élan et j'en saute, qui font les passions puissantes, si fugitives et si fugaces qu'elles soient ?

- Je dirais… Je dirais : qui seraient ces amants ? Des figures intéressantes ?

- Des membres de l'Éducation Nationale.

- Des grévistes !

- Mais non ! Pas forcément !

- Je veux bien vous croire. Mais qui seraient exactement ces deux personnages ? Des enseignants ? Agrégés ? Docteurs ? À la Sorbonne ? Aux Langues O ? Sont-ils chercheurs ? CNRS ? À l'étranger ? USA ? Chine ?

Armelle perd un peu de terrain mais élastiquement :

- Ils sont fonctionnaires dans l'administration des collèges et ils travaillent en banlieue.

- Des ronds-de-cuir ? Mais c'est du Courteline ! Du Courteline de ceinture ! Vous voulez donc faire rire toute la France, si elle sait encore ? Des ronds-de-cuir en rut ! Pâmoisons plumitives !

L'élastique, soudain, casse. Douloureux. Ayant toujours eu le goût de la démonstration et l'habitude de convaincre, Armelle découvre un sentiment nouveau, la défaite, dont l'amertume lui irrite la gorge. L'échec ! Comment l'imaginer ? Armelle ne comprend pas, ce qui ajoute à l'impensable. Elle, trouver son maître, rencontrer un obstacle, rester impuissante, échouer, pour tout dire ? Il faut qu'il y ait quelque chose de nouveau, d'incohérent dans le monde pour expliquer cette anomalie.

De sa valeur, Armelle a toujours eu une notion claire, entière et naturelle. Et cet individu qui lui fait pièce, se moque, persifle et même, dirait-on, se fout carrément d'elle ! Battue en brèche ? Phénomène aussi peu concevable qu'un Russe travailleur, un Yankee incrédule, un Anglais dépensier, un Batave qui aurait de l'esprit ou une Scandinave le nez autrement qu'en trompette !

Cependant, il faut poursuivre. Voyant le désarroi d'en face, le noble Li-Masson s'impose de rompre le silence, par charité en somme :

- Faites donc une tranche de vie et non de rigolade !

Pincée, Armelle paraît encore plus svelte. Elle parvient à décocher :

- Et, naturellement, vous savez, vous, ce qu'il faut entendre exactement par là !

L'infâme semble pris de court mais il est si vif, si rompu à ces jeux qu'il peut répondre tout de suite, sans attendre de savoir quelles seront sa pensée, sa réponse. La vie en société lui a appris que les mots entraînent et soutiennent les mots et qu'ils finissent toujours par contenir quelque chose.

- Heu... Non... Oui ! Mais oui ! Bien sûr ! Tout le monde le sait, du reste ! Il suffit d'être réaliste ! C'est ça ! Soyez donc réaliste ! Regardez autour de vous ! Prenez des exemples vivants, concrets, quotidiens !

- Lesquels ?

- Mais... Je n'en sais rien, moi ! Mais non ! Je sais ! Tenez ! C'est très facile ! Humain ! Prenez un homme entre quarante et cinquante ans, plutôt cinquante à cause des enfants. Il est cadre, naturellement, peut-être même davantage, ingénieur, chirurgien, chef d'entreprise. Ou même, si ça peut vous faire plaisir, haut fonctionnaire d'une administration centrale. Hé bien ! Cet homme, ce responsable conscient, moderne et motivé, a naturellement tous les soucis, tous les ennuis du monde parce qu'il en a également toutes les satisfactions : une belle maison ici, une autre là, deux ou trois voitures magnifiques, même la plus petite, une santé de fer avec très peu de points de rouille, une épouse flatteuse, deux grands enfants pleins d'avenir et de problèmes.

...Ah ! Ces enfants ! La jeunesse actuelle ! Généreuse ! Défiante ! Craintive et héroïque ! Elle, la fille, une adolescente splendide, au prénom aussi simple qu'un autre à la réflexion, des seins de star, un velouté... Créature très intelligente, du reste, mais salope, que voulez-vous ? Extrêmement salope ! Elle prépare Polytechnique dans une taupe parisienne.

Grosse bûcheuse, élève très douée au tableau mais souveraine au lit ! Nymphomane de nature, saphique dans la foulée : problèmes et poèmes ! Cadences et stances !

...Le fils, lui, c'est le contraire. Artiste. Créateur. Pas du tout cérébral. Du génie, peut-être mais aussi une tendance à la violence qu'une inclination à l'homosexualité ne peut ni ne veut compenser. Mais, attention ! Tout ceci, n'est-ce pas, vous l'avez compris, dans le genre et sur le ton qu'il faut, convenables, habits, vocabulaire, manières...

- Martini et Chivas !

- Vous n'avez pas besoin de préciser les marques.

- Et la mère ? Étendez-vous sur elle pendant que nous y sommes. Elle est normale, je présume ?

- Bien entendu. Comme les autres, d'ailleurs. De plus, elle est douce et compréhensive et, qualité nécessaire aux personnages intéressants, elle est intéressée. Elle se fait des amies des maîtresses de son mari, des amants des amis de sa fille qui aspirent au repos et des amoureux des copains de son fils lorsqu'ils sont plus anars que pédés. Voilà ! C'est vu ?

- Vu, et déjà, et souvent, je pourrais même dire. Êtes-vous parfaitement conscient de vous enfermer dans une société bourgeoise et parisienne ?

- C'est la seule qui compte. Je veux dire la seule clientèle qui n'en soit pas à cent francs près pour acheter un roman. Soyez donc réaliste !

- Je ne suis pas un maquereau, tout de même !

C'est Milan qui proteste avec raison. Ce jeune débauché trouverait sans doute agréable de coucher avec sa sœur mais rien en lui n'indique le proxénète. Petit mage au grand charme, avide de tout ce qui relève de l'amour et donc aussi de ce qui peut sembler le rabaisser, Milan ignore la vénalité. La conquête est son seul enrichissement.

- Non, répète-t-il, non et non ! Je ne lui parlerai pas de Houp's, à cette espèce de grand con ! Ce serait comme si je la déshabillais devant un client pour lui faire admirer la dernière pute arrivée au bordel ! Je refuse, Néfra ! Ce serait vraiment trop dégueulasse !

Cette colère, je peux l'expliquer même si je ne crois pas pouvoir en accepter toutes les raisons. Au début, Milan ne s'opposait pas à l'idée de proposer à son tour le sujet du livre qui charmait son cœur. Il aurait préféré en discuter avec une jolie femme mais son bonheur n'aurait pas été mince de pouvoir évoquer sa chère Égypte devant l'homme cultivé qu'il voyait alors en Jean-Hervé Li-Masson.

J'étais donc plutôt tranquille et cette paix tombait bien. Seulement, il est arrivé à Mini-Vizir ce qui peut arriver à tout le monde, même quand on n'est ni mage ni sage : il a réfléchi. Voilà ce que c'est, de posséder une enveloppe charnelle et de l'utiliser ! On ne réfléchirait aucune des lumières du monde sans ce dispositif où certains ne veulent voir pourtant qu'une vile matière !

Ni sa prédilection pour un autre réel ni son goût pour les filles de ce monde-ci n'ont donc protégé Milan. Pensant à dire son Égypte, il a compris qu'il n'éviterait pas de parler surtout de sa princesse, cette demoiselle Houps' qui en est la fleur suprême, le lotus bleu, que vivants et morts respirent avec délectation.

Milan n'a pas pu supporter cette pensée. Il l'a jugée obscène, lui qui ne connaît pas les limites de ses fantasmes érotiques. Un verrouillage a fonctionné dans son esprit, mis en place d'un bloc, comme dans les tombeaux qu'on voulait inviolables.

J'ai essayé de le convaincre. J'ai dû insister. S'il refusait de parler de sa princesse, craignant de la voir surgir devant un Li-Masson soudain allumé, ne pouvait-il pas engager la conversation sur un autre sujet? « Lequel? », a-t-il demandé.

- Parle-lui d'abord de magie, par exemple.

- À ce grand con?

- Méfie-toi, Vizi. À force de l'appeler par ce nom, tu vas finir par le faire apparaître, si c'est vraiment le sien!

Il n'a pas répondu.

- Et laisse mes genoux tranquilles. Je suis presque fâchée.

Il s'est tu davantage, si on peut dire.

La suite, on la trouvera peut-être un jour dans un récit homérique car on prétend que la rencontre fut épique entre un mage égyptien et un aryen décidé à combattre mais gêné par l'ignorance où il était de sa propre civilisation.

De la Grèce, tout Français issu du lycée se rappelle d'abord que le Pirée n'est pas un homme. Il se souvient ensuite que Périclès a vécu tout un siècle. Enfin, il trouve seul que le nom de minotaure ne peut pas être celui d'un navire céréalier ou d'un journal anglais.

Jean-Hervé Li-Masson en était là. Ce savoir lui avait jusqu'ici permis d'éviter trois ou quatre bêtises mais il ne lui aurait pas suffi dans un échange de vues sur la contribution de l'hellénisme au recul de l'âme humaine. Il en était, du reste, parfaitement conscient.

Aussi, lorsque la créature chauve qui lui paraît sans âge mais non sans force lui demande ex-abrupto dans une langue qui n'est pas du latin : « Et les Grecs, que pensez-vous des Grecs ? » l'Imphectoüs répond seulement, plus méfiant qu'Ulysse :

- Lesquels ?

La sotte question ! L'Égyptien triomphe. Du bout de son bâton qui est peut-être un serpent, il soulève deux ou trois pyramides et les projette sur l'adversaire avec une certaine violence. Et l'épopée commence :

- Comment lesquels ? Mais ceux de toujours ! Ceux aux belles cnémides ! Les bavards ! Les phraseurs ! Ces discoureurs qui voulaient tant parler tous à la fois qu'ils ont dû inventer la démocratie pour donner à cette pagaille un prétexte officiel !

- Vous exagérez…

L'Imphectoüs voudrait ajouter « beaucoup » ou même « beaucoup trop » mais il n'ajoute rien, en souvenir de Sparte, capitale de la Laconie.

- Justement, c'est bien ce qu'on peut leur reprocher aussi ! Car cette inflation verbale qui irrite parfois chez les Français eux-mêmes, peuple celte et latin pourtant, d'où croyez-vous qu'ils la tiennent ?

L'Hymphamos murmure :

- Des Gaulois, nos ancêtres ?

- Des Grecs ! Toujours des Grecs, hellas ! Car tout ce qui nous est venu des Grecs, de leur rationalisme, me consterne et m'enrage. Prenez l'académisme, par exemple. Leur statuaire ne montre que de belles figures figées dans de beaux draps, non des âmes qui vibrent d'une attente. Tout ce qui est froid et desséché, mignard au mieux dans l'art occidental, dans l'âme européenne, nous le devons aux Grecs, à leurs ratiocinages !

- Comme c'est triste, Monsieur, l'histoire spirituelle de l'Europe naissante, cet assassinat d'une enfance par des amateurs de chair fraîche à l'intelligence racornie !

...Tout commençait pourtant bien partout, dans des crédulités et des ravissements, comme l'homme commence lui-même dès qu'il ouvre les yeux sur le monde et qu'il prête au réel un charme qui ne l'explique pas mais qui les justifie l'un et l'autre. Les jeunes peuples admiraient donc, les nations enfants applaudissaient devant chaque mystère de la vie, la pluie, les marées, le sexe. Chacun s'extasiait sans comprendre ni feindre de comprendre, assez intelligent toutefois pour voir du merveilleux dans le nécessaire et préférer l'amour à l'analyse, la présence au commentaire. Tout commençait donc à l'égyptienne et en Égypte même, aire de lancement de tous les enthousiasmes humains. Et puis, les barbares sont arrivés, Grecs, aryens, reîtres aux cheveux clairs dont la jactance dissimulait la sécheresse du cœur. Disant qu'ils aimaient la jeunesse, ces blondasses verbeux se sont acharnés sur l'enfance de l'homme, sur son pouvoir de consentir aux illusions qu'il se crée à lui-même. Ces vieillards radoteurs ont saccagé le jardin extraordinaire. L'esprit humain s'est surchargé de fioritures, la boursouflure grecque l'a fait ressembler à un chapiteau corinthien, monstruosité qu'on appelle classique et qui n'exprime qu'un délire d'impuissants.

...Voilà l'apport de l'hellénisme. La phrase et la logique, le discours sur l'agora, c'est-à-dire, en somme, dans le vide et le dessèchement, l'éloignement des choses. On ne pouvait plus croire, il fallait savoir. On ne pouvait plus rêver, il s'agissait de connaître. C'était tuer le sentiment inné dans l'homme du magique, peut-être du divin.

- Cependant, la connaissance de soi-même...

- Cette connaissance nous inspire souvent du dégoût pour l'homme en général et nous pousse plus souvent encore à satisfaire davantage nos appétits qu'elle rend infinis en les définissant.

Par bonheur, il y a vraiment un miracle grec : celui qui a interdit à ces beaux parleurs d'inventer la satire, faute de la lucidité voulue. Ce miracle a laissé aux peuples hellénisés leur pouvoir naturel de raillerie. La France a su rester moqueuse alors que son langage s'encombrait des lourdes formes grecques.

Et le Français Jean-Hervé Li-Masson, retrouvant ses esprits, peut donc ironiser :

- Mais toute cette philosophie, on peut savoir où elle nous mène? J'ai beau phosphorer sur vos fantasmes, vous me restez psychologiquement hermétique. Or, j'ai la phobie des périphrases et de tout ce qui est emphatique. Au fait, jeune homme, s'il vous plaît!

Il en faut toutefois plus pour ébranler un obélisque. Mini-Vizir répond donc avec le plus grand naturel :

- Je vous demandais simplement si vous aviez quelque chose contre l'irrationnel dans la littérature?

- L'irrationnel?

- Le rêve, si vous préférez. L'illusion. Le conditionnel, le mode de l'enfance.

- Ah? L'enfance? Ah! Certes! Je n'ai rien contre l'enfance! Au contraire! Je la respecte! Et même, je la regrette! Plus qu'on ne croit, bien que je n'aie pas aimé la mienne! Ah! L'enfance... Quel moment de la vie! Quel paysage dans le temps! Sa propreté! Son aération! Son soleil! Regardez donc les dessins d'enfants qu'on rencontre partout, vraiment partout! Quelles innocences et que de profondeurs aussi! dit l'infect que les peintures dites naïves révoltent par ce qu'elles ont de faux et de conscient.

Milan s'engage dans la faille qu'il croit apercevoir :

- Alors, on abandonne toute logique et on fait un livre franchement, gentiment, magique ?

- C'est-à-dire ?

- Pas un recueil de formules, bien entendu. Je ne pensais pas à un ouvrage technique fait de recettes surnaturelles mais à un récit qui saurait s'affranchir des contraintes du bon sens qu'on appelle aussi sens commun et qui est, en effet, ordinaire.

- Mais encore ?

- Un récit libéré des jeux des âmes et de la chair et des conséquences habituelles de ces imbrications. Un récit échappant à cette fatalité qui ne permet que des issues connues aux thèmes les plus rares, une histoire de rêve dont l'illusion serait que l'illusion triomphe, bref, une aventure déliée des grandes lois dont on dit qu'elles sont naturelles parce qu'elles mesurent seulement l'esprit humain qui les a édictées.

L'infect mais perspicace Li-Masson croit avoir compris. Pour l'indiquer tout en montrant aussi qu'il n'y a pas de duplicité à se servir de l'autre sens des mots, il dit donc simplement :

- Une histoire sans gravité, en somme ?

Milan sourit à cette connivence, réponse idyllique du berger au petit pâtre. Sonnailles et consonances. Tout va bien dans l'Hymette. Heureux, Milan se contente d'ajouter :

- Mais non sans sérieux ni tristesse, peut-être…

Alors, on voit le gluant Li-Masson se rapprocher en biaisant du petit mage chauve qui rayonne toujours et se coller à lui comme un mucus géant. Il l'entoure, l'emprisonne, le capte tout entier avec des souplesses et des viscosités de serpent tentateur. La bouche de côté, le regard torve et l'esprit de travers, le suborneur poisseux se met à parler bas à Milan dont le crâne ternit. Et on devine qu'il le fait de l'ignoble voix grasse, servile et provocante, de ces individus qui proposaient aux passants des photos sales derrière les troncs d'arbre quand les sex-shops n'existaient pas.

- Hé, mon prince ? Ça vous dirait, une petite fée ? Une toute mignonne ? Une petite fille bien fraîche et innocente ? Qui irait se fourrer n'importe où avec ses grands yeux candides et pourtant bien ouverts ? Une belle enfant toute pure à qui rien n'est encore arrivé ? Aussi naïve que résolue, incapable du mal et capable de tout ? Dites ? Une gamine bien acide et pleine de ces curiosités qui savent aller jusqu'au bout ? Et étrangère, avec ça ! Accent spécial ! Des manières et un style jamais vus par ici ! Charme en plus ! Alors ? Et j'oubliais la prime, mon prince ! Son petit lapin blanc !

Quoique toujours plus près d'Alice aux pays des merveilles que d'Emma Bovary au pays des pommes, Milan n'a pas compris que c'était à l'héroïne anglaise que le perfide Li-Masson s'en prenait. Il se tait donc et son silence ne le sauve pas.

Redressant en effet toute sa haute taille et retrouvant sa morgue avec sa dignité, l'immense Li-Masson redevient soudain le titan de l'édition, le colosse de bronze qui, d'un puissant mouvement des reins, va se camper sur le plus haut sommet de la littérature. Et de là, brandissant des marteaux et des foudres, il répand l'ordre et la terreur parmi les ambitions contre nature et les tentatives chaotiques qui grouillent à ses pieds.

Et tandis qu'il frappe, tranche et ratatine, un rire le secoue, large, tonnant, envahissant, celui du justicier vainqueur et légèrement démoniaque :

- Ah ! Ah ! Ah ! entend-on partout. Et encore :

- Ah ! Ah ! Ah !

Puis, la vermine écrasée, Jean-Hervé Li-Masson descend et redevient un homme capable de comprendre et de compatir :

- Vous voyez bien, mon vieux, que ce n'est pas possible... Jamais un public français n'acceptera votre magie ni toutes ces merveilles. C'est à contre-courant de l'esprit national. Vous voudriez introduire la fantaisie, le caprice dans la littérature française ? Ce serait lâcher un vagabond, des chiens fous, dans des jardins dont les symétries sont rigoureusement géométriques et les pelouses formellement interdites. C'est chercher l'anormal, donc l'échec. Avez-vous assez remarqué que nos propres contes de fées sont écrits dans une langue si étrange qu'on les croirait traduits de l'étranger, tant ce genre est éloigné de notre génie propre ?

Allez, je ne vous reproche rien mais je ne peux vraiment pas vous suivre dans vos folles ambitions. Laissez donc Alice dans ses terriers et choisissez Versailles.

Et moi aussi dans l'hécatombe, pour souffrir et tomber avec les compagnons :

- En somme, si je vous ai bien compris, vous ne devez rien avoir non plus contre les chiens ?

J'avais pris ma voix la plus flûtée mais j'ai bien cru qu'il allait me mordre :

- Moi, contre les chiens ? Mais j'ai tout – Tout ! Je les hais ! Leur pullulation m'exaspère ! C'est l'invasion ! Paris n'est plus Paris ! Plus une ville mais un chenil ! Un merdier ! Une flaque ! Ils sont partout ! Dans le métro ! Dans les boutiques ! Et si encore il s'agissait de chiens intelligents ! Mais ils ne savent même pas lire ! On les voit entrer dans tous les lieux où des affiches leur signalent pourtant qu'ils doivent attendre à l'extérieur, chez le charcutier, dans les grandes surfaces, dans les grands magasins ou dans les pharmacies, partout où on se procure de quoi manger, se vêtir, se soigner !

…Quel déferlement ! Quels entassements, enroulements de crottes ! Filets, ruisseaux, fleuves d'urine ! La folie de cette mode populaire ! La cruauté de ces fausses affections ! De cette affectation sociale ! Un chien fait riche, le malheureux ! On joue à le montrer, on jouit de pouvoir le siffler ! Jouets d'enfants, hochets de parents, six mois, un an et puis l'été venu, l'abandon sur la route et la vivisection… Propriétaires adultes et responsables, pourtant ! Modernes et motivés ! Conscients ! Électeurs ! Citoyens ! Syndiqués !

…Et c'est qu'ils mangent, en plus, tous ces chiens ! Les chiens de France dévorent à la française ! Kangourous et baleines n'y suffiront bientôt plus ! Que leur donner, alors ? Quelle autre espèce sacrifier ? Les chiens de France boulottent mieux que le Sahel, que tel pays d'Afrique ! D'Asie ! D'ailleurs ! Ou que telle partie de la population française !

…Bonne affaire, cet appétit énorme et ces petits besoins ! Une industrie prospère, celle de l'os mou et du sac à caca !

…Ah ! Comme on souhaite qu'une épidémie ou un retour à la raison nous délivre de cette multitude de pauvres malheureux, victimes encombrantes de besoins affectifs dévoyés ! Qu'ils retournent d'où ils viennent, ces emmerdeurs irresponsables ! Les Pékinois en Chine ! Et les boxers aussi ! Les bergers boches à Berlin et les Belges à Bruxelles ! En België ! Et les Danois aux eaux qui noient les Ophélies ! Les loulous en Poméranie ! Les lévriers à Kaboul ! À Moscou ! Les épagneuls en Andalousie ! Les labradors au Pôle Nord ! Et tous les dogues, aux gogues ! Et les bouviers aux champs ! Les griffons en enfer ! Les saint-bernard au ciel ! Et plus rien dans les rues ! Pas un cabot ! Plus un corniaud ! Fini les chiens ! Chaussées propres, trottoirs nets, plus une merde, plus une goutte, une odeur, plus rien – tintin !

Mon succès me surprend mais on peut comprendre cette véhémence, cette libération. Les pressions qui s'exercent sur les esprits les contraignent à tant d'amour et à tant de respect qu'il faut à la nature humaine contrariée une soupape – les chiens pour Jean-Hervé Li-Masson.

Ces animaux sont pour l'instant l'un des rares sujets qu'aucune idéologie n'a entrepris de sacraliser. On peut donc encore en parler librement. Il faut en profiter. Ou bien alors, il ne s'agit pas vraiment de chiens dans l'esprit de l'hypocrite Li-Masson. On appelait bien carpes les rôts du vendredi.

- Moi, c'est d'un autre pont que j'aurais préféré regarder.

- Pourquoi ? Tu ne la vois pas bien, la Seine, de celui-ci ?

- La Seine, vi, mais pas les canards.

- Les canards ? Tu m'as fait venir jusqu'ici pour regarder les canards ?

- Vi. Ça vole joliment. On dirait des avions.

- Parce qu'ils ont des ailes !

- Que tu es bête ! C'est parce qu'ils les ont très en arrière, comme les avions de maintenant. Et puis, ils vont toujours par deux.

- En tout cas, on n'en voit pas d'ici.

- Pardi ! C'est de l'autre pont !

- Duquel ? Dis-le !

- Du pont Alexandre III. C'est toujours de là que j'en ai vu. Ah ! Comme ils volent ensemble, même en tournant !

- Je ne savais pas que tu venais par ici...

- J'ai le droit. Allez, on y va ?

- C'est loin. Et, d'ailleurs, si tu le prends comme ça, moi, c'est sur un autre que j'aimerais être en ce moment et encore plus loin !

- Où ça ?

- Oh, tu le connais sûrement aussi !

- Ne m'attrape pas, Van-Van, s'il te plaît, je ne t'ai rien fait. Lequel est-ce ?

- Celui de la Tournelle, près de Notre-Dame, celui qui a la statue de Sainte-Geneviève. La sainte en pierre, toute droite, costaud, très belle, dans ton genre, qui pose ses doigts sur les épaules d'une petite fille. C'est Paris, la gamine, et la patronne la protège.

- Tu me donnes drôlement envie d'y aller !

- Dépêche-toi, alors ! On va peut-être l'enlever, y mettre une bombe !...

Je suis de mauvaise humeur. Non pas à cause des cachotteries d'Olga qui peut bien aller voir de n'importe quel pont voler de la volaille mais à cause de notre livre. C'est raté. Complètement raté.

Nous sommes accoudées sur le pont-Royal, chacune loin de son préféré. Nous ne méritons pas mieux que ce compromis médiocre, faillis que nous sommes. Je le dis à Olga en me rapprochant d'elle :

- C'est fichu, notre livre.

Olga me regarde, étonnée mais tout de suite prête à tout partager avec moi :

- Vi, mais tu ne le savais pas ? Moi, je n'y ai jamais vraiment cru.

Vigilante, Olga ne commet pas l'erreur de rechercher un commentaire consolateur. Elle se tourne complètement vers moi, me prend les mains et hurle comme au stade :

- Ça me rappelle que je ne te l'ai jamais finie, l'histoire de mon livre à moi ! Colette et Paul, tu sais ! Je te la dis ? Tu veux ? Et arrête de pleurer, ça me coupe les pattes !

Ce que je veux, c'est qu'on m'aime. Alors, commence, Olga, et aime-moi enfin jusqu'au bout et toujours. Prends-moi et garde-moi une fois pour toutes. Il faut que quelque chose de sain et de brutal m'arrive, comme un sparadrap qu'on arrache d'un coup quand la plaie est guérie. Ce livre qui n'existera pas ne m'affranchira pas du passé. Alors, commence, sors ton épée, ange libérateur, tranche tout à mes pieds et autour de mes mains et puis emporte-moi dans le parfum de tes longs cheveux d'or, et qu'on n'en parle plus, qu'on ne dise ni n'entende plus rien, comme quand on vit au loin, d'air rare et sur des terres si légères qu'on est comme un nuage soi-même, une évaporation.

- Je t'écoute, ma grande.

- Où j'en étais restée ?

- À leurs noms. Colette Potez.

- Ah vi ! Je suis si contente qu'elle t'ait plu, ma Colette ! Mais avec Paul, je crois que c'est peut-être mieux !

- Ne me fais pas attendre, alors.

- Latécoère !

- C'est un nom d'avion, ça ?

- Des plus beaux, tu veux dire ! L'avion de Mermoz, l'hydravion, plutôt ! Le Croix du Sud ! Magnifique !

- Et alors, qu'est-ce qu'ils font, Colette et Paul ? Où est-ce qu'ils se sont rencontrés ? Et comment ? Et qui est-ce, lui, exactement ? Raconte !

- Hé ! Attends ! Pas tout à la fois ! Pour commencer, j'avais pensé à un endroit très chouette pour leur première rencontre…

- Dis !

- Le Bourget ! C'est sur la terrasse du Bourget que je voulais qu'ils se rencontrent. J'imaginais très bien que Colette y vienne le jeudi pour regarder les mouvements de l'aéroport. Il était tout neuf juste avant la guerre. J'ai vu des images de cette époque. Ce devait être merveilleux ! Tu avais tout sous les yeux, à portée de la main !

- Et de quoi parlent-ils, la première fois ?

- Je ne sais pas trop… d'avions, peut-être… Vi, d'avions ! C'est forcé !

- Naturellement. Surtout avec des noms pareils !

- Ben vi. Paul apprend à Colette qu'il s'appelle Latécoère. Tu sais comment ? Très simplement. Il lui en montre un qui se trouve sur l'aire d'atterrissage et il dit « Celui-là s'appelle comme moi ».

- Et alors ?

- Alors, tu penses si Colette est intéressée ! Jamais elle n'aurait imaginé qu'elle pourrait un jour avoir à côté d'elle quelqu'un qui s'appelle comme ça et, en plus, un garçon !

- Et un beau !

- Vi ! Très grand, mince avec un grand nez !

- Continue ! Continue !

- Et alors, Colette, en souriant très gentiment lui apprend à son tour qu'elle a, elle aussi, un nom d'avion. Comme lui ! Ça rapproche !

- Et puis ?

- Mais comment « Et puis ? » Tout commence entre eux à partir de là, voilà tout ! Je croyais que tu l'aurais compris !

- Je comprends surtout qu'elle va vite, ta Colette. Tu ne m'avais pas dit qu'elle était bien élevée ?

- Qu'est-ce que ça empêche ?

- Ça pourrait en tout cas la freiner un peu, non ?

- Mais ça n'est pas possible !

- Parce qu'elle a le feu aux fesses tant que ça ?

- Pourquoi dire des vacheries ? Elle est bien élevée, Colette, d'accord. Seulement, il y a des fois où on est bien obligé de faire ce qu'il faut !

- Exemple ?

- Exemple : une fille qui s'appelle comme elle, ne peut pas dire non à un garçon qui s'appelle comme lui.

- Intéressant, ça ! Tu crois vraiment, Olga, qu'il y a des noms qui ont comme un destin ? Des noms qui t'obligent à faire des choses comme si c'était ta nature ?

Silence d'Olga. J'insiste :

- Mais moi, alors, avec le mien ? Qu'est-ce que tu crois que je sois forcée de devenir ? Et où est-ce que je vais atterrir, finalement ?

Olga lève les yeux au ciel, comme dans les situations désespérées :

- Oh toi ! Tu finiras en Australienne !

Je connais une façon : accoucher puis mourir. Mais j'ai fait le contraire, tuant des vies tout en venant, restant au monde.

- C'est-à-dire, ma grande ?

Olga se trouble. Le ciel n'est pas content.

- Mais je n'en sais rien, moi ! Je plaisantais, c'est tout ! Comment veux-tu qu'on sache ? On ne sait même pas où c'est vraiment, ton Australie ! Ni même si ça existe !

Le sourire revient. Dieu pardonne. Le salut, c'est donc l'inexistence. Olga déploie ses ailes. Va-t-elle entonner un hymne ? Elle rigole :

- C'est ça ! Tu finiras comme ce pays, par ne pas vraiment exister ni vraiment le savoir !

Si seulement cet ange m'annonçait la vérité, la parole éternelle… Alors, adieu, Réel, pays de mes mauvais moments !

- Dis, si je t'ennuie avec mon histoire, je peux m'arrêter…

- Meunon, Olga ! Pas du tout ! Où vas-tu chercher ça !

- Je te croyais encore en train de rêver…

- Meunon ! Enfin !… Peut-être, vi ! Mais peut-être que je rêvais de toi !

- Tu dis ça ! Seulement, quand je te regarde, des fois, tu fais toujours comme si tu ne voyais rien et tu fiches le camp… Tu n'as vraiment pas l'air de savoir ce que tu veux, tu sais !

- Continue, s'il te plaît. Ça m'intéresse, ton histoire.

- Vraiment ?

- Accouche !

- Justement. Ils font un gosse.

- Ils s'étaient mariés ?

- Non.

- Et les parents, qu'est-ce qu'ils en disent, alors ?

- D'abord, des parents, il n'y en a pas lourd. Ceux de Paul, je n'y ai même jamais pensé, alors n'en parlons pas. Et Colette n'a que sa mère.

- Et son père ?

- Mais je te l'ai dit. Il est mort à la guerre. Disparu, c'est pareil.

- Je croyais que c'était Paul ?

- Son père aussi s'appelait Paul. C'est les deux qui y meurent mais chacun à la sienne.

- Alors, Colette est orpheline ?

- Voilà.

- Et ça se passe bien, ce gosse qu'ils gardent sans qu'ils soient mariés ?

- Vi, surtout grâce à la mère de Colette. Elle a toujours été formidable, cette jeune femme, toujours à la hauteur malgré toutes les difficultés.

- Toutes les difficultés d'une riche bourgeoise dans sa villa de deux étages près de la mer en Normandie. Des problèmes de roses ?

- Comme tu es ! C'est une espèce de héros cette femme, au contraire. Et une victime, une de ces victimes de la guerre dont personne n'a parlé parce qu'elles ne sont pas mortes au combat ni à l'époque même mais parfois longtemps après, seules et oubliées mais pleines de souvenirs et suivies de fantômes. Sa villa, il ne faut pas la lui envier ni la lui reprocher parce que la vie qu'elle y a menée, ce n'est pas une vie. Elle a été pire que tout, elle n'a été qu'une sorte d'essai à vide, technique si tu veux, pour savoir comment marchait sa mécanique, l'oxygène et le sang, les muscles et la pensée, un essai pour tout ce qu'elle aurait pu connaître de complet et d'heureux si tout avait été normal dans son histoire, et pas supprimé, empêché dès le début.

- Explique-toi un peu plus, tout de même…

- Mais c'est clair, non ? C'est une fille de 18 ans qui épouse un soldat quelques mois avant la fin de la guerre et qui fait Colette juste après l'Armistice, alors que son mari a été officiellement porté disparu.

- Ce qui fait que Colette n'a jamais vu son père ?

- Vi.

- Et que sa mère n'a pas dû le voir beaucoup elle-même ?

- Trois ou quatre fois, en permission, pas plus. Tu y es ?

- Oui.

- Et tu imagines ? Toute cette vie qui commençait pour elle, toute une vie finie qu'il a fallu vivre chaque jour jusqu'au bout ? Elle avait 18 ans en 1918…

- Oui. Et ça a duré vraiment longtemps ?

- Oh ! Au moins, soixante ans en tout ! C'est elle qui élève la fille de Colette et qui s'occupe d'elle jusqu'à sa vingtième année, alors, tu vois !

- Oui. Mais Colette meurt vite, elle.

- En 1939.

- Et pourquoi ?

- Pour faire tout très jeune, ça me plaît comme idée. Et puis, ça lui évite de voir les Boches entrer dans Paris. Elle était patriote.

- Mais ce n'est pas de patriotisme qu'elle meurt, tout de même ?

- Ce que je peux être patiente ! Elle meurt d'amour, si tu veux tout savoir !

- L'autre fois, tu m'as dit : « Paul d'abord, puis Colette ». Alors, c'est plutôt de chagrin ?

- De chagrin, d'absence, de séparation, de privation, de tout ce que tu veux, quand il s'agit de ceux qu'on voudrait avoir et qui manquent, moi, j'appelle ça de l'amour. Tu es d'accord ?

Je suis d'accord mais je voudrais ne plus avoir à approuver. L'émotion m'a trahie. J'ai laissé passer plusieurs « Oui » à la place du « Vi ». J'ai négligé ces règles, et sortir du jeu, c'est une autre histoire.

Du moins, celle de Colette et de Paul me paraît achevée. Parfaite, peut-être même, dans ce qu'elle a de bref et de tendu.

Mon attention se relâche. Je cherche une conclusion. Elle vient d'elle-même car je pense à Renate :

- C'est triste.

Olga approuve simplement :

- C'est la vie. Et c'est aussi deux guerres.

Elle s'arrête comme si elle avait tout dit, réfléchit puis ajoute :

- Et même trois.

- Pourquoi trois ?

- À cause du troisième Paul : l'Algérie.

- Mais quel troisième Paul ? Je croyais que c'était fini, moi.

- Meunon. Il faut bien qu'on continue avec la fille de Colette.

- Alors, ça recommence ?

- Vi et non. Elle est prof, celle-là, et entre parenthèses, je ne lui ai pas encore trouvé de prénom et ça m'énerve drôlement. Elle tombe amoureuse à vingt ans d'un jeune qui va partir pour l'Algérie avec le contingent.

- Elle est prof à vingt ans ?

- Pas tout à fait, d'accord, mais elle travaille pour ça et elle va le devenir après.

- Une fois qu'ils auront fait un gosse eux aussi.

- Ben non, je ne crois pas qu'ils le fassent. Et, finalement, c'est encore plus triste parce que, là, alors, tout s'arrête vraiment et on a l'impression que rien de ce qui a existé avant n'a servi, même si c'était sans rapport avec le bébé à venir, tu vois ce que je veux dire ? Que tout a été nul…

- C'est terrible, ce que tu dis. Olga. Comme si les gens n'avaient aucune réalité, aucune utilité s'ils ne laissaient pas une trace après eux…

- Vi, c'est à peu près ça. Je crois qu'il faut toujours la suite, Van-Van. Sinon, tu ne joues pas le jeu. C'est grave.

Il vaut mieux changer de sujet :

- D'accord, ma grande, tu as peut-être raison. Mais même si c'est très triste, ton histoire, on pourrait toujours essayer de l'écrire, non ?

Olga éclate de rire :

- Ah ! Tu es gentille ! Mais je t'en parlais seulement comme ça, entre nous, pour te tenir au courant. Je ne me vois pas du tout me mettre à ce genre de boulot, même avec toi. Alors, là, pas du tout ! Je ne saurai jamais !

- Mais pourquoi ? Tu as très bien dit tout à l'heure ce que tu voulais me faire comprendre et j'ai très bien compris !

- Oh, pour dire ce qu'on pense, vi, bien sûr, on peut toujours y arriver… Les gens ne sont pas bêtes, tout de même et puis, personne n'a vraiment des idées de martien à exprimer, ce qui fait que tout reste toujours entre nous qui nous connaissons bien… Non, ce n'est pas ça, le difficile, le plus dur, en tout cas…

- Alors, dis-le !

- C'est les détails, Van-Van ! C'est tous les détails qu'il faut donner quand on écrit un livre. J'en ai horreur, moi, des détails ! Ils m'énervent, tu ne peux pas savoir ! Ça me paraît tellement inutile, tellement long de faire tant de phrases et à chaque page rien qu'avec une foule de précisions dont on n'a rien à fiche ! Qu'est-ce que tu veux que ça me fasse, à moi, d'apprendre comment un personnage ouvre une porte ou la referme ? Un jour, j'ai même commencé un roman où on te disait comment le héros faisait ces deux gestes et pas rien qu'avec un seul adjectif pour chacun, je te prie de me croire ! Ça m'a découragée…

- Tu exagères. Les détails, comme tu dis, c'est justement ce qui fait les histoires, la réalité des livres, sans doute même leur vraisemblance. Sans eux, tu n'accroches pas, tu flottes dans le vague et tu te perds dans l'imprécis. S'il y a des personnages qui sont devenus aussi célèbres et qui semblent aussi vrais que des vivants, c'est bien aussi parce qu'ils profitent du poids, de la plénitude des œuvres qui les présentent. Tu crois qu'au bout de trois ou quatre cents pages de description, un héros ne t'est pas plus familier, pas plus présent, à force de le voir vivre tel qu'il est, que si on ne te disait rien de concret à son sujet? On n'est pas des fantômes, ma grande, ni dans la vie ni dans les livres mais des gens avec plein de détails, de petits gestes, de petites manies, toutes sortes d'indications sans importance mais qui finissent par compter, tout de même, parce qu'elles nous font tels que nous apparaissons… Que veux-tu? Nous ne sommes ni des idées abstraites ni des cœurs invisibles…

Olga, ma chère Olga reste de glace devant ces représentations. Je la comprends et lui en suis reconnaissante car je n'en crois pas un mot moi-même. Ce que j'en dis, c'est par raison, sachant bien que tant qu'il y aura des romans, il y aura des détails et réciproquement peut-être. Mais ces paroles de sagesse me sont extrêmement désagréables et je ne peux pas reprocher à Olga d'y rester indifférente. Car moi aussi, je les déteste, les détails! Je les hais! Leur pullulation m'exaspère! C'est l'invasion! Un cloaque! Une diarrhée! Ils sont partout! Déferlement, entassement, déroulement des adjectifs! Filets, ruisseaux, torrents des épithètes!

Olga daigne intervenir et me sauve. Son calme m'impressionne :

- Ce que je veux, c'est qu'il y ait l'essentiel, c'est tout.

- L'essentiel, ça risque de faire un peu vide…

- Non, Van-Van, non. Ça dépend de ce que tu appelles l'essentiel. Qu'est-ce que tu appelles l'essentiel, toi?

- Ce qui manque, bien sûr.

- Tu l'as dit. L'essentiel, c'est ce qui nous manque, c'est la vraie réalité et on est tous pleins de ce réel-là, pas vrai ? C'est partout présent, pesant, vivant, terriblement vivant, ce qui manque. Alors, comment cet essentiel-là pourrait correspondre à du vide, je te demande un peu ?

Elle était déjà venue, là, tout à l'heure, je l'avais aperçue, timide, vite enfuie, et puis la voici de nouveau, tout aussi séduisante, peut-être aussi fugitive... Mais non, ma toute belle ! Tu ne vas pas m'échapper, cette fois ! Là ! Je la tiens ! Ça y est ! Je l'ai ! Retrouvée et bloquée sur mon cœur, comme un frisson, cette si douce idée...

- Olga ! Olga ! J'y pense ! Ton histoire, elle se passe bien à Paris ?

- Parce que le Bourget, d'après toi, c'est en Auvergne ?

- Et en Normandie, aussi, puisque Colette y va tous les étés ?

- Mais je te l'ai déjà dit !

- Ne te fâche pas ! J'ai une idée ! Donc, on pourrait parler de Paris, dire de belles choses !

- Ça me plairait presque autant que de parler d'avions.

- Et décrire aussi les côtes de la Manche ?

- Tu veux décrire la mer, toi ?

- Mais je peux dire que c'est beau ?

- Alors, tu n'as qu'à dire : « La mer ». Ou : « C'est la mer ». Ou : « Voici la mer ». Le mot essentiel, ça fait autant d'économie que d'effet.

- Vi ! et avec des bateaux ! Des blancs ! Tout tranchés d'ombre, comme sous les Tropiques ! Et dis-moi encore, Olga ? Un Alsacien, mais un vilain, ça t'embêterait vraiment beaucoup si on en trouvait un dans ton histoire ?

- Moi, des Alsaciens, je m'en fous complètement, et je n'en parle jamais, ni en bien ni en mal. Pourquoi ?

- Pour rien ! Et tu n'aurais pas aussi une petite place pour un peu d'Égypte ? De la vieille, de la vraie ?

- Mais tu commences à m'énerver, toi, avec toutes ces questions. Où veux-tu en venir ?

- Attends encore un peu ! Et ta Colette, est-ce que c'est une grande bavarde ? Je parie que non !

- Gagné. Elle parle très peu, l'essentiel, quoi !

- Ah ! C'est bien ! Ça va lui en boucher un coin !

- À qui ? J'en ai assez, maintenant, de tes mystères !

- Plus rien qu'un détail. Tu finis par la guerre, pas vrai ?

- Ça commence même par l'autre, alors !

- Ah ! C'est bien aussi ! Je veux dire : pas la guerre mais ce sujet, ça m'arrange ! C'est M'Bo qui va être content. Autant de soldats français morts, autant de fils de putes de salauds de colonialistes en moins !

- M'Bo ! Mais qu'est-ce qu'il vient faire dans mon histoire, celui-là ? Ça alors ! Ce type avec Colette ? Tu deviens complètement conne ou quoi ?

- Mais tu ne comprends pas ! Tu ne vois pas que ton histoire, qui me plaît de plus en plus soit dit en passant, pourrait aussi faire plaisir à tout le groupe si tu étais d'accord pour y ajouter ici et là ce qui fait le bonheur ou l'idée fixe de chacun ?

- Non, je ne comprends pas et puis, je ne veux pas comprendre. Tu ne voudrais pas faire de mon projet, de notre projet, puisque je ne l'ai confié qu'à toi, une espèce de fourre-tout où on mettrait n'importe quoi ?

- Mais ce ne serait pas n'importe quoi, justement ! Ce serait comme le cœur de chacun, ma chérie !

- Tu parles comme ça, maintenant ? « Ma chérie » ? Tu ne voudrais pas aussi, par hasard, qu'on y trouve deux filles qui s'aimeraient, dans cette histoire ?

- Je n'aurais pas osé te le proposer !

- Tu deviens vraiment drôle. Dis-moi plutôt ce que tu manigances.

- Hé ben ? Tous les contenter ! Toi, d'abord, avec l'aviation des années trente, tu es servie, n'en parlons pas ! Et Armelle a Paris et les silences de Colette, pour lui apprendre ! Et Marine, la mer et tous les paquebots qu'on y fera voguer sous des soleils comme on n'en a jamais vu à Dieppe ! Et Marie-Rose retrouvera ses cyclistes et ses campeurs. Et Milan, son Égypte. Là, ce sera peut-être un peu dur de lui trouver sa place et son emploi mais la magie nous aidera ! Et…

- Vi, vi… Seulement, tu en oublies… Et Renate ? Et les Arabes ? Qu'est-ce que tu leur apportes dans mon histoire, dans ce bric-à-brac que tu en fais ?

Je me sens rougir. Je les ai oubliés. Je voudrais être ailleurs. Froissée, impitoyable, Olga m'examine au cœur :

- Et toi ? Tu ne t'offres rien non plus ? Pas de petit bonheur ?

Le moment est peut-être venu de lui rendre tout l'amour que ses lèvres et ses yeux m'ont si souvent tendu :

- C'était le tien…

Une bouffée d'air frais à la campagne? Oh, vi!

Mais on s'est bien gelés. C'est M'Bo qui nous a conduits. Sentant peut-être une faim prochaine, il a voulu faire un dernier grand tour. On a vu la campagne. On a traversé l'Ile-de-France. On est allés encore plus loin, jusqu'à la mer battante qui bouffe les falaises.

Nous étions six dans la spacieuse auto : M'Bo, Olga, Milan, Marine, Renate et moi. Les autres, qui n'auraient pas eu de place, d'ailleurs, n'avaient pas pu venir, Marie-Rose à cause d'une réunion de cellule avec présence et approbation obligatoires, les Coranic's qui restent attachés à leurs jeux du dimanche et Armelle parce qu'elle avait son rendez-vous.

Nous autres, donc, dans le Yankee pullman, en vrac. Pas tout à fait. Un choix était intervenu. Avant le démarrage, Olga m'avait prise à part : « Il vaudrait mieux que je me mette devant entre eux, non? » elle parlait de M'Bo et de Milan, ajoutant : « C'est des affamés. Tu risques de… tu me comprends?… »

Cette sollicitude m'a d'abord vexée. J'ai voulu répondre. La riposte n'est pas venue. Olga me regardait, transparente. Elle a toujours un peu peur de l'étudiant d'Afrique et elle l'évite d'habitude. Ce garçon est peut-être même le seul mâle de la Courneuve, des banlieues Nord, de notre petite et première couronne et même de l'autre, de la grande qui se perd dans les champs de maïs, qu'Olga ne voudrait pas… Quant à Mini-Vizir qui charme toutes les filles parce qu'il sait montrer à chacune qu'elle est la seule séduisante, ni sa magie ni ses mains ne lui ont encore permis de subjuguer Olga.

Sa proposition était donc d'un dévouement total. Je l'ai acceptée, muette. Il faut laisser les autres nous aimer. Mais la sainte s'est encore élevée : « Et puis, comme ça, tu seras à côté de Renate… ». Il faut aussi aimer les autres autant qu'ils le méritent. Il n'y a plus de liberté !

Nous avons démarré dans un enfoncement qui nous a soulevé le cœur et les genoux. J'étais contre Renate qui remuait ses lèvres loin de tout et peut-être de moi. Et lorsqu'Olga tournait un peu la tête vers l'un ou l'autre de ses voisins, je voyais son profil, les deux ou trois petits plis qui partent, mais à peine, du coin de ses paupières. Allez, mouettes. Tout le monde à son poste et en avant toute ! À bâbord ! À tribord ! À la mort.

Et, Dieu ! Que nous l'avons longée ! À droite, à gauche et puis encore à droite, c'étaient des croix, des croix tout le long du chemin. De vastes cimetières sont apparus à mesure que nous montions, bien plats et bien rangés au-delà des grands arbres qui bordaient notre route.

On croyait voir des champs, des labours, la nature et on voyait des ossuaires et des enfilades de tombes où flottaient des drapeaux. On ne savait pas que la Grande Guerre, c'était ici aussi. Ou on l'a su puis oublié. On dit toujours : La Marne, Verdun ou la Champagne. Mais la Picardie ? L'Artois ? On a reçu un choc. C'était nouveau et c'était trop. Un malaise m'a prise. Il a fallu qu'on s'arrête.

Puis, on a continué et on en a vu d'autres. À un moment, j'ai demandé qu'on s'arrête encore. Le pavillon britannique indiquait que ces morts-là venaient de tout l'Empire et donc peut-être d'Australie. J'aurais voulu lire leurs noms. Mais on m'a dit que j'étais folle.

Ensuite, la justice des Blancs s'est manifestée. Deux gendarmes à moto nous ont arrêtés. Cette grosse voiture en

TT, tous ces jeunes dedans, filles et garçons mêlés, ne devaient pas leur revenir, sans parler du conducteur noir au regard défiant. Deux doigts portés au bord du casque en guise de salut, ils ont fait leur numéro habituel, leur devoir je veux dire, avec une correction qui me criait toute la conscience douloureuse qu'ils avaient de nous paraître odieux. Moi, je tremblais, prête à essayer de ne plus rien enregistrer de la scène si elle devenait déplaisante. Elle ne l'était pas et je la trouvais pourtant déjà insupportable. La vue d'un gendarme me donne le sentiment d'avoir tué du monde.

J'ai donc prié le ciel, celui d'Olga, pour que, mieux placée que nous autres à l'arrière, elle pense à montrer davantage ses jambes et j'ai attendu la suite, crispée.

Si M'Bo roulait des yeux fous ou grinçait des dents je ne le voyais pas et je n'entendais rien. Il ne parlait pas, d'ailleurs, faisant à ces motards le coup du silence glacial.

Alors, Marine, qui n'avait rien dit ni sifflé jusque-là, s'est tournée vers moi et m'a chuchoté : « Je la leur montre, dis ? Je la leur montre ? Allez, j'y vais ». Elle ne parlait pas de sa croupe ni de sa poitrine, mais de la chose rouge qu'elle met de temps en temps à sa boutonnière. C'est comme une petite fleur sèche à laquelle elle ferait prendre l'air lorsqu'elle est de sortie elle-même.

Et de l'air frais, cette petite fleur ronde en a le plus grand besoin, enfermée comme elle reste la plupart du temps. C'est la légion d'honneur qu'on a décernée à titre posthume à Pablo-Paul Nacion pour être resté dans la coque du sous-marin asphyxié.

Marine est donc sortie, toutes voiles dehors, la jupe encore plus haute. Elle a appelé à elle les deux hommes. Ils se sont rapprochés, réunis devant elle, bien droits et ils ont regardé, écouté. Alignés comme ils le paraissaient de là où je les observais, un songe m'est venu, une illusion d'optique. Il m'a semblé que ces deux uniformes se multipliaient en une seule file à l'infini et qu'ils formaient ainsi une longue, longue ligne de matelots rangés au garde-à-vous au bord de cette route rectiligne et sans fin, devenue elle-même le pont du plus grand porte-avions du monde.

Un fier bateau, d'au moins cinq ou six cents kilomètres de long et dont les six millions de marins se tenaient plantés comme un seul homme devant un petit amiral aux longs cheveux ardents qui, parmi les sifflets de manœuvre et de commandement, leur disait toutes ces choses captivantes que seules les rousses savent, paraît-il, faire comprendre aux hommes…

Bref, ça a marché. Les motards sont repartis en pétaradant plus qu'il ne fallait et Marine a rejoint la voiture en sifflotant moins qu'elle n'aurait pu. M'Bo a triomphé : « Les cons ! » a-t-il simplement dit. Et je suis assez de cet avis. Des gendarmes, ça ne peut être que très bête : ils croient encore à des choses tellement dépassées qu'on a honte pour eux, puisqu'il faut avoir honte.

Et puis, enfin, la mer, du haut d'une falaise. Le sentiment d'un point final, du terme naturel. Pourtant, c'est de là que nous venons, au contraire, que tout a commencé. Je l'ai revue avec une émotion qui n'était pas le chagrin familier. C'est par cette mer que je suis arrivée moi aussi. J'étais petite et donc à l'aise dans cette première vie. Elle restait aquatique. J'étais alors comme un marsouin et je batifolais, un coup dans la lumière et un coup dans l'opaque.

Du bord de cette falaise, on a bien eu la frousse. Rien ne nous protégeait du vide, ni barrière ni même une pancarte. On aurait pu tomber à pic, à vouloir regarder les mouettes faire leur vol plané entre la mer et nous. Les observer par en dessus était tentant mais dangereux aussi dans cette herbe qui nous masquait la limite du sol.

Rien ne nous retenait que la main d'Olga, et la mienne dans celle de Renate. Milan, lui, protégeait de très près la belle marinière. Il la tenait par la ceinture, ce qui lui permettait sans doute de glisser quatre doigts sous l'élastique de son slip.

On a bien admiré tout, la blancheur de l'eau qui venait de la craie des falaises, le dos des mouettes et le ventre des nuages qui étaient aussi blancs. Puis, on a reculé, sauvés et très contents de l'être. Olga m'a tirée à elle, tout contre sa poitrine, elle a mis ses bras autour de moi en me tenant les mains, a poussé d'un sourire son regard dans mes yeux et quand elle a eu tout bien parcouru, reconnu, de ce petit voyage, elle m'a seulement dit : « Tu vois ? » comme pour tout me confirmer.

On a regardé aussi un paquebot qui partait mal pour l'Angleterre. La grosse mer le faisait tanguer, rouler, frémir. On a cru qu'il allait sombrer là, sous nos yeux. On a voulu attendre mais le froid nous a chassés. On est partis dans un emportement.

Une fois dans l'auto, bien installée en plein confort, il m'a semblé que quelque chose me manquait tout de même. J'ai cherché, regardé autour de moi, replongé dans l'opaque. Mais c'était tout qui me manquait et salement, bien plus que d'habitude. Le chagrin quand il est souverain ne nous pardonne pas un moment de bonheur.

Sur la route du retour, au bout d'un moment, on a entendu la voix tranquille de Renate qui n'avait encore rien dit de français, donc d'audible :

- Si tu rentres par le même chemin et tous ces cimetières, moi, je saute en marche.

On les a évités. On a pris des départementales. On arriverait plus tard, de nuit. L'obscurité faisait peut-être l'affaire de certains. En attendant, on a vu des labours, entendu des corneilles. J'aime l'Ile-de-France, particulièrement l'hiver, plus que je ne peux le dire. Ses campagnes m'émeuvent comme ces paysages de tableaux dont on ne savait rien et qu'on adopte tout de suite, souvent improbables et pourtant familiers. Et tous ces faux corbeaux là-dessus, qui besognent dans les mottes aux tranches métalliques ou qui restent posés dans les cheveux des arbres… Et leurs cris disgracieux, chants vivants quand plus rien ni personne ne bouge dans le tableau glacé… Si ma mort se présente de face, je saurai peut-être aller à sa rencontre.

Et puis, j'en ai eu assez. J'ai eu envie de me retrouver chez moi. J'ai voulu revoir notre banlieue malgré ses mochetés. Et quand nous les avons revues, dans une obscurité qui ne les sauve pas, j'ai éprouvé une sorte de plaisir, un plaisir véritable qui n'avait pas honte de lui-même. La mer, les champs, Paris, Paris et la Courneuve, ce prix qu'il faut payer pour porter sa couronne, j'aimerais tant de choses… Et peut-être suis-je capable de plus d'amour encore.

C'était au parc de la Courneuve un samedi matin. Grand vide et petit vent. Il n'y avait personne ou presque. Un couple de cyclistes, l'un attendant l'autre. Un être qui courait, déguisé de la tête aux pieds mais au rictus sincère. Un chien sans maître, sans trottoir à souiller, désemparé. Et Marie-Rose et moi, frileuses mais résolues.

Mon intention était de me faire pardonner. Il me fallait donc trouver un moment avec la camarade. J'ai réussi à la convaincre de venir jusqu'ici. Marie-Rose n'avait jamais vu ces vertes étendues, où vole bas le papier gras, autrement qu'à travers les musiques, les discours et les fumées de la fête à l'Huma. Il n'était pas déplaisant qu'elle les découvre sans hot-dogs ni pop-corn, sans coca ni chewing-gum, sans jeans, ni rock, sans toutes ces bonnes choses indispensables à ceux qui scandent si sincèrement « US go home ». Qu'elle découvre un parc plus serein, plus sérieux, plus froid sans doute mais non moins humain.

Nous y sommes allées à pied, sans mot dire, marchant bien, très satisfaites de nos muscles. Mais à l'arrivée, c'est eux qui ne l'étaient plus. Ils nous ont fait défaut. Nous n'avons donc plus avancé qu'en promeneuses qu'une herbe, un arbuste, un nuage intéressent. Marie-Rose ouvrait la bouche, faisait « Teuf… Teuf… ». Mais quand elle a aperçu la butte artificielle et la dure rampe qui mène à son sommet, elle n'a plus rien dit du tout, elle me l'a seulement désignée du menton.

Mon espoir était de voir un peu Paris de là-haut, des signes, un monument qui aurait dépassé. Mais je ne voulais pas forcer Marie-Rose. J'ai donc répondu à son interrogation muette sur le ton le plus neutre :

- Tout à l'heure, si tu veux, ça n'a rien d'urgent ni même d'obligatoire, tu sais…

Mais Marie-Rose Bruschwalski est une fille qui se décide vite si elle parle avec lenteur. Elle n'a pas hésité :

- Alors, maintenant, tant qu'à faire. On se reposera après.

Beau courage. Une fois au sommet, c'était beaucoup moins beau. Pas de Paris du tout. Rien qu'une vue sur les banlieues d'aujourd'hui, des HLM partout qui entouraient le parc comme une palissade si haute et si épaisse que nul regard, nul espoir ne pouvaient la franchir. C'était comme si on avait conçu ce lieu de promenade et d'oubli pour que chacun puisse garder sous les yeux le bâtiment où il s'enferme, sans que personne ne comprenne à quel point ces blocs cernent et clôturent la vie.

C'est bien. C'est ainsi qu'on s'attache. Seulement, nous, nous avons eu beau chercher les nôtres, nous ne les avons pas vues. Nous sommes peut-être des inadaptées. Ou simplement des ingrates.

Nous sommes donc redescendues très vite, oubliant nos tibias douloureux pour oublier ces visions qui font un autre mal. Un banc s'est présenté à nous. Il était de bois et peint en vert, mesurant 160 centimètres de long sur 50 de large et tenant au sol par des boulons fixés dans du ciment. À son extrémité droite, orientée au sud-ouest, on pouvait voir des traces de boue séchée comme si quelqu'un s'était raclé les semelles sur le bord de la planche. Dans son dossier, on avait déjà commencé à graver des cœurs et d'autres organes humains avec des initiales et des jaillissements. À ses pieds, de l'herbe, piétinée et arrachée par endroits comme devant les buts des stades de football. Dans cette herbe, des mégots de tailles différentes, la plupart avec filtre et de fabrication nationale. Par-dessus, le ciel de Paris, le ciel gris et blanc frangé de bleu de Paris. Et, enfin, tout autour, sans doute, le vaste monde, le monde indescriptible au-delà des remparts d'HLM.

Ce banc nous parut donc fort convenable et nous prîmes contact. J'ai toutefois omis de préciser qu'il était d'un abord glacial. Ça nous a refroidies. « Tant pis – a dit Marie-Rose – C'est un détail, ça n'a pas d'importance ». Et elle a ajouté, trop heureuse de rester assise : « Ça lui passera ».

Quand on est bien fatigué, les phrases d'abandon viennent d'elles-mêmes :

- Rosie ?

La camarade Bruschwalski avait la parole et n'en fit rien. J'ai dû recommencer, chargée d'un scrupule supplémentaire :

- Tu veux bien que je t'appelle Rosie, au moins ?

- Tu l'as déjà fait une fois.

- Ah ! C'est vrai ! Je me rappelle !

- Alors, tu peux continuer.

- Merci, Rosie ! Dis ? Je voulais te dire… Je me suis bien trompée avec toi, tu sais… Je te demande de me pardonner.

- Tant que ça ?

- Quoi, tant que ça ? Je te fais toutes les excuses que tu veux !

- Meunon. Je disais : tu crois que tu t'es trompée tant que ça ?

- Vi, en plein. Je croyais que tu étais… Comment te dire, maintenant ?…

- Conne ?

- Rosie !

- Mais c'est vrai. Je suis conne et même la plus conne de toutes. Tu veux que je te dise pourquoi ?

Non, je ne voulais pas. J'étais déjà assez émue. Je revenais de loin, de mon indifférence et de mes injustices. Comme il faut courir, ramper, grimper, voler – faire un pas, dire un mot – pour revenir aux gens, quand on a commencé par les enfoncer dans la nuit d'un bout du monde qui n'existe peut-être même pas !

Marie-Rose a senti ma réticence. Elle a changé de sujet, croyant me faire doublement plaisir :

- Et ce livre, tu y croyais vraiment, toi ?

- Je croyais qu'il fallait essayer de s'en sortir, d'une façon ou d'une autre, par l'éblouissement…

- Ben moi, je n'y crois plus.

- À notre livre ? Plus personne, tu sais !

- Non, à ce que tu dis, cet éblouissement. Ça fait trop longtemps que j'essaye.

C'est vrai. Je l'avais oublié. À force de ne penser qu'aux pauvres gens du monde entier dont on nous souligne les misères, on en néglige d'autres beaucoup plus près de nous et qui ne sont guère plus heureux. Marie-Rose, par exemple.

Car Marie-Rose a un autre chagrin. Il lui vient cette fois d'un être vivant, d'une créature au monde. C'est ainsi, par ces termes sans sexe, que Marie-Rose désigne la personne, celui qu'elle aime.

Il travaille pour la France à l'étranger, chez les Zoulous, je crois, ou les Bantous, ou bien les Cafres. Peu importe, car elle est souvent mutée, se déplace beaucoup, ce qui n'arrange pas leurs rapports, d'ailleurs franchement impossibles. Je sais toutes ces choses grâce à Olga qui m'a répété certaines confidences de Marie-Rose.

Ils s'aiment, ne se voient jamais ou presque, ne peuvent se parler que rarement, quand tout va bien avec le satellite et s'ils se lisent quelquefois, c'est dans des lettres qui arrivent si tard qu'elles en paraissent hors du temps alors qu'ils ont vieilli, à moins que ce soit le contraire, qu'ils soient encore dans la jeunesse, dans la fraîcheur des événements en face de messages remplis de nouvelles périmées, de détails morts, décomposés.

Un amour pareil, j'ai parfois pensé dans mes propres difficultés que c'était mieux que rien, que c'était bien de l'amour. Et devant cette force, je me laissais aller aux charmes mous de la romance. La tendre histoire que voilà ! Que d'images touchantes ! De mots emportés par le vent ! Toi, moi, partout au monde, au Labrador comme sous les palmiers, nuits, jours mêlés et saisons confondues, pensées plus que contacts, rêves au lieu d'actes, souvenirs et projets pour plaisirs immédiats, Carmel forcé, diableries naturelles…

Seulement le romanesque, ce n'est émouvant qu'au cinéma ou dans les livres qui n'ont pas peur des titres. Je regardais Marie-Rose assise sur ce banc, à cet endroit précis du monde où nous étions. Elle mâchait sa gomme avec une placidité que j'ai laissé m'abuser et tandis que nous nous taisions pour mieux nous reposer, je voyais bien qu'elle était fatiguée. Cette lassitude lui venait sans doute moins de la butte du parc de la Courneuve que de l'obstacle que fait toute la terre, de toute cette terre en trop entre elle et l'être qui l'aime, la créature aimée, tout ce globe qui gêne…

Tout à coup, Marie-Rose a craché au loin avec une puissance et dans un bruit qui m'ont fait sursauter. Puis elle a tiré en se tortillant une plaquette de gomme neuve mais mal en point de la poche arrière du jeans qui lui collait aux fesses :

- Tu en veux ?

- Non, merci.

Elle s'est remise à mastiquer et j'ai aimé ce parfum qui venait de sa bouche. Et comme si c'était la suite de sa question, elle m'a posé celle-ci sur le même ton :

- Tu sais ce que c'est, la solitude, Van-Van ?

Elle a continué, après m'avoir laissé le temps suffisant pour répondre :

- Et la séparation ?

Là, je suis moins sûre car faute d'avoir jamais perdu quelqu'un que j'aurais d'abord eu, je ne me suis jamais sentie coupée de personne. Je n'ai donc rien répondu non plus, ce qui n'a ni surpris ni gêné Marie-Rose.

- Hé ben, d'après moi, c'é-impossible.

- Qu'est-ce qui est impossible, dis-moi ?

- De la supporter, de trouver un moyen pour essayer de l'oublier un peu. Rien n'a marché avec moi et pourtant j'ai tout essayé, tu peux me croire ! Et même...

Marie-Rose a eu un petit sourire, elle m'a regardé de côté, hésitante et déjà décidée :

- Je voudrais te dire quelque chose, moi aussi... Te faire une confidence... Allez, puisque tu m'appelles Rosie maintenant, je te la fais !

Elle s'est rapprochée de moi, m'offrant l'odeur du dentifrice mêlée à son eau de cologne d'aide-coiffeuse :

- J'ai essayé de faire un peu la folle, pour voir si ça me changeait les idées. Faire des choses, des saletés avec des gens, n'importe qui, tu vois ? J'avais le droit ! Et d'ailleurs, l'être me l'avait dit. « Fais donc l'amour si tu en as envie ou besoin. Entre nous, ça ne peut pas avoir de conséquence. Au contraire, ça nous renforcera dans notre amour ! Prends donc tous les types que tu voudras, je serai en chacun ! » Voilà ce qu'il disait et la créature ajoutait : « Ça ne me rendra pas jalouse du tout, tu sais. Ou si peu ! Juste ce qu'il faut ! Offre-toi donc à toutes celles qui te voudront. Et ce sera chaque fois comme si c'était moi... »

...Alors, Van-Van, je me suis renseignée. Tous ces gens qui veulent se mélanger au hasard, tu les rencontres à la Porte Dauphine. Toutes les voitures y tournent et tournent sur plusieurs rangs tant que les conducteurs et les passagères ne se sont pas bien regardés et compris. Quand ils sont d'accord, ils quittent la manœuvre, plusieurs voitures sortent d'un coup du cercle tandis que les autres continuent de tourner et de se regarder...

...Seulement, moi, pauvre cloche, j'étais à pied... Il a donc fallu d'abord que j'arrive jusqu'au milieu en traversant tout le mouvement. J'ai failli me faire bousculer, écraser plusieurs fois et je ne te dis rien des engueulades, des injures reçues... Après, une fois debout au bord du trottoir circulaire, j'ai vite commencé à me sentir idiote, tu comprends ? Hors du jeu, laissée pour compte... Les gens des voitures ne regardaient qu'à l'intérieur des autres bagnoles et s'ils me prenaient pour une vraie putain, ça ne les intéressait pas. Ils voulaient du nouveau, des partenaires gratuits, pas des professionnelles... Ils ne me voyaient donc pas, ne voulaient pas me voir. Ils louchaient tellement les uns vers les autres, s'examinaient au passage avec tant d'insistance que je me demandais comment ils faisaient pour conduire tous de front sans se rentrer dedans... D'ailleurs, il y avait des flics un peu partout, ils regardaient comme moi le manège mais personne ne faisait attention à eux non plus... À la fin, quand j'en ai eu assez de poireauter pour rien dans cette espèce de tourbillon, c'est un des flics qui m'a fait retraverser en me tenant par le coude, comme une sale gosse... Conne que j'étais ! J'avais l'air fine à Dauphine !...

...Finalement, je suis tout de même arrivée à ce que je voulais faire. J'avais la trouille en arrivant chez des gens que je ne connaissais pas. Je n'avais jamais vu non plus ceux avec qui je venais. C'était excitant ! Et puis, je n'ai plus eu peur du tout. Ce qui s'est passé, ce que j'ai vu, c'était banal en fin de compte et puis mal fait, sans passion, sans invention, comme un autre boulot...

...C'est surtout les bonnes femmes qui m'ont déçue. Elles ne faisaient rien, ne demandaient rien, se laissaient faire comme si elles avaient été ailleurs. La plupart des types ne participaient pas vraiment non plus. Ils se contentaient de regarder. Il y en avait bien deux ou trois plus vaillants mais ils faisaient ça brutalement, en égoïstes, des pilonneurs qui s'escrimaient sur des femmes avachies comme des édredons... Ça ne m'a pas trop plu. Je l'ai écrit à l'être. Jamais la créature ne l'a reçue, cette lettre... Une de perdue parmi d'autres, tu me diras ! Ah ! Les salauds ! Ce que ça marche mal, les postes ! Et le téléphone, c'est pire ! Tu sais combien ça coûte ? Et cette saleté de décalage horaire ? Des heures de différence et jamais les mêmes, évidemment, selon les pays ! Tu imagines la merde que c'est pour arriver à se parler à des moments normaux ? Ah ! Je te dis ! C'était impossible !

J'ai pu poser une question :

- Où est-il en ce moment ? Je veux dire : l'être ?

- À Java. À Java, tu te rends compte si c'est con !

- Ah, alors, ce n'est pas des zoulous ! C'est des Javanais !

- Et alors ? Quelle différence ça fait d'après toi ? Tu crois que ça m'arrange ? Que ça change quelque chose ?

- Et elle va y rester longtemps, à Java, la créature ?

- Qu'est-ce que j'en sais, moi, justement ? Je n'ai pas de nouvelles depuis 48 jours aujourd'hui, alors ! Si ça se trouve, elle est déjà ailleurs. C'est ça qui est tuant. Une fois, j'étais toute contente. Je venais de trouver du travail. Je le lui écris. Quand l'être a pu me répondre, deux mois après à peu près, il était tout heureux lui aussi. Seulement, moi, ça faisait déjà deux semaines que je me retrouvais au chômage... On ne peut vraiment pas correspondre, tu vois. Alors, où est la créature, hé ben, je n'en sais rien, je ne peux pas te répondre. La dernière fois que j'ai su l'endroit, c'était une ville sur la mer avec un foutu nom, carrément impossible à prononcer. Ca commençait par T, J, L... Tu peux y arriver, toi ? Moi, non et ça m'a salement emmerdée ! On s'était bien arrangés pourtant, on avait tout prévu. L'être m'avait donné tous les renseignements, l'heure pour moi, les numéros et il payait tout. C'était chouette. Mais va te faire voir ! Jamais je ne suis arrivée à le prononcer, ce con de nom de ville. Toutes les filles au téléphone se sont énervées, moi aussi, et finalement, à cause d'autres difficultés aussi, ça n'a pas marché, je n'ai pas pu l'entendre. Et j'attendais ça, tu ne peux pas te figurer ! Alors ? C'est supportable ? Franchement ? Je ne sais plus ce qu'il faut que je fasse maintenant. Et c'est pour ça surtout que je te dis que je suis une conne. Je ne sais plus ce qu'il faut que je fasse et c'est pourtant de moi qu'il s'agit, de moi, pas de la voisine ni de la femme du préfet... Et je n'ai qu'une vie, elle passe, je le sens, et l'être qui ne revient toujours pas. Ce n'est pas encore tout à fait possible, dit la créature. Des histoires d'argent, de travail, des histoires tout court... Qu'est-ce qu'il faut que je fasse ?

Moi non plus, je ne savais pas ce que je devais faire pour l'aider mais je pouvais la regarder et la laisser tranquille tout en restant près d'elle. Et je me demandais quelle pouvait être la valeur humaine exacte de ce personnage au sexe indéfini qui, en somme, se contentait d'aimer de loin et donnait des conseils qui pouvaient paraître plus intéressés qu'altruistes.

Mais cette question me dépassait et je l'ai abandonnée, ramenant ma pensée et mon regard sur Rosie, bien décidée à ne plus l'oublier en dérapant vers d'autres créatures, fussent-elles des êtres.

Rosie, rose de nos banlieues. Fleur qui brillait d'une beauté vulgaire sans doute mais dont la santé faisait oublier les cheminées et les longs murs d'usine, les odeurs jaunes et les trottoirs souillés. Cette fille dont je n'aurais voulu ni de l'éclat ni de la solidité était finalement plus capable et meilleure que moi. C'était dur à admettre, peut-être plus difficile à dire. J'ai voulu essayer :

- Rosie, tu sais ce que je pense ?

- Dis toujours.

- Hé ben, tu es plus intelligente et meilleure que moi.

Elle m'a regardée avec un intérêt qui m'a fait de la peine :

- C'est vrai ? Tu crois ?

Il fallait terminer. Je ne suis pas Sœur Olga. Je ne peux pas me maintenir longtemps à ces hauteurs sublimes. Un vertige m'aurait prise, ou le fou rire. J'ai seulement désiré en finir gentiment, au niveau normal et en beauté :

- Rosie, est-ce que je peux t'embrasser ?

- Vi, si tu veux.

- Mais tendrement, je veux dire…

- Là, sur ce banc ?

- Vi. Et sur la bouche.

- Toi, tu vois, j'ai toujours pensé que tu devais être une sacrée salope.

- Vi, mais enlève ton chewing-gum d'abord.

Si les choses se passent comme Olga les envisage dans son rêve athlétique, Paris reconnaîtra un jour en elle la plus forte garce que les banlieues nord lui auront jamais fournie. Peut-être, mais pour moi cette fille restera toujours ma petite alliée quand j'étais étrangère et qu'elle était piémontaise.

C'est elle, c'est la gamine Onteniente-Squillante qui a grandi avec moi, d'abord à la même vitesse puis un peu plus lentement dans le dernier effort. C'est elle qui m'a vue maigre et le rester, alors qu'elle devenait elle-même de moins en moins anguleuse en prenant cette pulpe qui la rend si désirable. C'est elle dont j'ai voulu croire qu'elle serait de plus en plus le portrait de ma mère et comme son autre âme, plus belle et plus digne que la mienne. Et c'est avec elle, avec Olga, douce blonde un peu sourde, que j'entre enfin dans ce Musée de l'Air dont on a tant parlé.

À cet instant de ma vie, alors que je sens venir toute une débandade, je n'ai pas le droit ni les moyens de m'offrir une autre déception. L'épreuve est donc capitale. Hé ben ! Comme on dit, il y a des miracles ! Je comprends tout de suite que c'est le plus beau jour qui commence en principe.

Tout est heureux ici, dès l'espèce de hall vitré par lequel on entre. Cette verrière est pleine de livres, de plans, d'images sur l'aviation. De gentils garçons nous accueillent, disponibles, intéressés, d'autant plus intéressants. Olga s'épanouit tout de suite. Moi aussi. On sourit, on plaisante et on a des regards. Puis, on paye car il faut bien avancer. Tout le monde est ravi. Allez, à tout à l'heure !

Les yeux encore sur ces bénévoles si prévenants, Olga s'empêtre dans le tourniquet, rit fort, tire de même, se dégage en montrant de la cuisse et s'envoie dans une vitrine avec un cri de poule qui m'arrache un gloussement.

On débouche sur l'aire. Saisissement. D'énormes avions sont rangés là, avec le dessous de leur ventre à portée de la main. Toutes sortes de détails mécaniques me sautent aux yeux, des choses jamais vues d'aussi près, donc ignorées et qui prennent d'un coup une existence extraordinairement physique. J'adore les détails ! Je veux voir. Je lambine. Olga me tire. « Viens ! » On court. Soudain, Olga s'arrête, me bloque, me regarde :

- Dis ? Si j'y retournais ? Rien qu'un petit moment ?

- Mais où ? Chez les garçons ?

- Vi. Ils sont gentils !

- Mais… Pour quoi faire, Olga ?

- Oh rien… la bise, quoi ! J'ai peut-être été un peu rapide, non ? Ils méritaient mieux, j'ai un remords !

- Mais, ma grande, tu ne leur devais rien, tout de même ! En tout cas, pas autant ! On a été gentilles, nous aussi !

- Tu crois que ça suffit ? Moi, quand on est gentil, ça me fait fondre, je donnerais n'importe quoi ! J'y retourne, si tu veux !

- Meunon. Et les avions ? Et puis, ils n'espéraient pas ça ! La gentillesse, c'est de ne rien attendre, non ?

- Bon, bon, comme tu veux… On verra tout à l'heure !

HALL A ! C'est là ! On entre comme des fées ! Tout paillette et rayonne ! Une lumière, venue de nous ? du ciel ? du toit ! éblouit toutes choses d'un supplément de présence ! Tout avion surgit ! se détache ! décolle ! Tout portrait prend des yeux ! nous regarde ! nous suit ! Et dans ce poudroiement, ce que je vois d'abord, c'est une dame assise devant nous à une table surchargée de livres et de revues.

Âgée, la dame ! D'époque, sûrement ! Mais pimpante ! Poudrée ! du rouge ! du vif ! Et l'œil ! Son œil sur nous ! Direct ! Scrutateur ! Aïe ! Aïe ! Aïe ! Critique, je vois bien ! Extrêmement défavorable ! On passe vite ! Plus fées du tout ! Miteuses, au contraire ! Morveuses devant cette mémé de choc ! On file ! On disparaît ! On se camoufle sous des ailes ! On se cache derrière des carlingues ! Dis ? Elle nous regarde encore ? Je n'en sais rien, je ne la vois plus !... Ouf ! On y va ?

Vi, vi, on y va mais j'aimerais mieux tout voir d'une façon plus régulière :

- Olga ! Tu peux un peu freiner ?

- Pourquoi ? Tu trouves que je vais trop vite ?

- C'est-à-dire que tu cavales partout et qu'on ne peut rien voir tranquillement.

- Vi, je sais. J'ai l'air de me presser, de ne pas bien regarder les choses, d'abord, mais c'est parce qu'après je reviens et alors j'insiste, et des fois très longtemps.

- Reste avec moi, plutôt et explique-moi tout.

Par précaution supplémentaire, je lui prends une main et je la serre bien. Après tout, c'est toujours moi qui commande. Cette autorité est une affaire entendue entre nous depuis toujours, depuis l'école, quand je trouvais plus commode d'appeler Olga d'un doigt plutôt que d'essayer de dire tout son nom, cette longueur restée pour moi longtemps imprononçable.

Olga me regarde, soudain inquiète :

- Tu ne veux pas dire vraiment tout ? C'est qu'il y en a trop ! Tu ne te rends pas compte ! Et puis, moi, je ne suis pas une spécialiste ! Je ne sais pas tout !

Je la rassure tout de suite, à peine moqueuse :

- Ben alors, l'essentiel seulement, si tu préfères...

- Ah ! Comme ça, ça va ! Mais alors, il faut qu'on s'en aille d'ici parce que l'essentiel, pour moi, c'est tout de même le Hall B !

- Pourtant, je viens de voir Mermoz et Hélène Boucher…

- Vi, vi, tu n'as pas tort. Il y a énormément de souvenirs ici, c'est même toute l'aviation d'avant-guerre, avec tout ce qu'ils ont fait de nouveau et d'héroïque, mais…

- Mais quoi, ma grande, puisque c'est justement tout ce que tu aimes ?

- Bon dieu, tu ne comprends vraiment pas, alors ! Tu es bouchée ou quoi ? Richepoux, lui, c'est au B qu'il est, tu piges ?

- Alors, viens. On y va tout de suite.

Olga rosit de plaisir mais, par élégance, c'est elle maintenant qui cherche à flâner :

- Mais on a tout le temps. Tu es sûre que tu ne veux pas rester encore un peu ici ? Revoir un truc ?

- Non, viens, j'ai hâte moi aussi, depuis que tu m'en parles !

- Mais d'abord, il faut que je voie la bonne femme de l'entrée. J'ai quelque chose à lui dire.

- Aïe ! Aïe ! Aïe !

- N'aie pas peur, je ne vais pas l'attraper. Je veux seulement lui demander quelque chose. Ça m'a beaucoup choquée. Tu viens de parler d'Hélène Boucher. Et alors, tu n'as rien remarqué ?

- À son sujet ? Non… Elle avait un visage régulier, un beau sourire… C'est ça que tu veux dire ?

- Meunon ! Pas du tout ! Tu n'as rien remarqué d'autre dans tous ces portraits de pilotes ? Dans toutes ces mentions de raids et de records ?

- Non, que veux-tu que je te dise ? Tu ne m'as pas laissé le temps et puis, moi, d'abord, je confonds déjà tout !

- Ah, ne crie pas, en plus ! Tu n'as qu'à écouter ce que je vais lui dire. On y va ?

- On y va…

Olga résolue, admirable, et moi dans une angoisse. Et c'est moi qui avais raison. Voici tout à coup le même œil sur nous, le même blâme. La porte de sortie est juste là. Je pense à m'échapper. Trop tard. Olga vient de reprendre la main qui tout à l'heure la retenait elle-même.

- Madame…

- Bonjour, d'abord.

- Ah ! Vi ! Bonjour ! Bonjour, Madame ! Madame, je…

- Que puis-je pour vous ?

- Heu… Je voulais vous dire avec mon amie, là, qu'on a remarqué quelque chose qui m'étonne et même, franchement, qui me déçoit drôlement !

- Expliquez-vous.

- Hé ben, je n'ai pas vu un seul portrait d'Adrienne Tasset, pas un seul mot non plus sur elle dans tout ce hall, ce n'est pas normal, ça, c'est injuste avec tout ce qu'elle a fait !

Métamorphose sublime ! Elle me détend et me laisse toute molle comme la corde d'un arc : la vieille dame redoutée quitte sa chaise, restant d'ailleurs toute petite, s'approche de nous et c'est comme si notre chère vieille maman nous adressait à ma petite sœur et à moi le plus doux, le plus tendre et le plus maternel des sourires :

- Ah ! Vous l'avez constaté, Mesdemoiselles ? C'est très bien et je vous félicite ! Bien sûr que c'est un grave oubli ! Écrivez donc une lettre à ce sujet au général qui dirige ce musée ! Je le lui ai dit souvent moi-même !… Ah ! Je l'ai bien connue, Adrienne, oui ! Vous pensez, je lui ai même acheté un de ses avions !

Cette dame nous apprend qu'elle a été la première hôtesse de l'air de France et qu'elle s'appelle Source. Joli nom pour un pionnier. Elle sort des photos. On la voit en uniforme blanc avec une belle casquette dorée qui me semble un peu grande. Elle nous parle d'elle-même et d'Adrienne, son amie, dans un heureux mélange qui la flatte et que je trouve touchant. Au passage, elle nous confirme la mort de l'aviatrice. On s'en doutait et même Olga s'était fait une raison. Mais la date nous heurte. C'était hier. La main de la petite sœur se crispe. Tasset est donc morte de notre temps et nous n'en avons rien su. Nous nous morfondions dans nos HLM pour toutes sortes de raisons qui étaient les meilleures du monde mais pas pour celle-ci dont il me semble qu'elle aurait dû être la plus digne de toutes, la plus digne de nous.

Le reste de la conversation, je ne l'écoute plus. Je pense à la suite, aux joies promises. Les choses risquent de ne plus être comme on les espérait. Dommage pour Richepoux. Il arrive trop tard. Le rendez-vous d'amour suit de trop près un deuil brutal dans la famille. L'élue est éprouvée, la belle-sœur aussi... Mais, allez ! On est jeunes ! On est faites d'amour ! Et capables d'oubli ! Normales, autrement dit ! Inquiètes mais pleines d'espérance ! Allez, mouettes !

Hall B, au cœur de tout. Une précaution me semble indispensable : éviter de se précipiter vers le sanctuaire. Il faut laisser à Olga le temps de retrouver une paix. Donc, louvoyer. Olga a eu sûrement la même idée car au premier changement de cap, je la trouve déjà toute à la manœuvre, attentive et rapide.

- Oh ! Regarde ! Une mitrailleuse toute tordue !

- Ça alors !

- Et là ! Cette espèce de réservoir, qu'est-ce que ça peut bien être ?

- Attends ! Je vais lire sur l'étiquette. Ah, merde ! C'est en boche...

- Tant pis ! Regarde ça, plutôt, cette maquette, si elle est belle !

- Le boulot, dis !

Mais il est difficile de faire longtemps comme si on était venues pour rien.

- Où est-il, Olga ?

- Là, au fond, sur une photo. Mais c'est dommage, c'est une photo de groupe…

- Pourquoi, dommage ? On le voit mal ?

- Non, on le voit très bien mais il n'est pas seul, c'est tout.

- Tu aurais préféré ?

- Oh, vi ! On aurait été tellement mieux, rien que tous les deux, lui et moi !

Toujours cette petite sœur me troublera par de telles paroles. Qui es-tu donc exactement, toi qui ne peux pas être la frangine que j'aurais tant souhaitée ni la mère que je n'ai pas eue et qui n'as jamais dû sérieusement envisager de devenir mon maître ou ma maîtresse ?

Il y a des figures de traîtres, des têtes de bandits. J'ai vu aussi des faces d'ambitieux dont les regards restent de biais. Mais le courage ? Ce pouvoir de décider sa propre mort ? Quel visage doit-il montrer ? Et pourquoi ce visage n'offre-t-il pas déjà lui-même un spectacle héroïque ? Rien dans les traits du blondinet que j'examine ne m'annonce ou me confirme le héros qu'il a su être. Rien de ce visage encore un peu poupon n'indique que c'est celui d'un Richepoux mort au combat.

Olga sent mes incertitudes et se trompe sur elles :

- C'est vraiment moche, tu vois, qu'il ne soit pas seul…

Non, certes, il n'est pas seul à avoir la tête de tout le monde ni le seul dont le sacrifice a sauvé d'autres vies, en guerre comme en paix. Pur héros, cependant, et qui me semble en ce moment le plus grand de tous, parce qu'il est jeune, qu'Olga le vénère, que personne ne parle jamais de lui et parce qu'il me regarde.

Mais tous, du reste, nous regardent. Ils sont là des dizaines d'aviateurs à nous faire face sur le mur couvert de leurs photographies. Ils nous regardent sans bouger, à bout portant, eux qui voyaient tant d'horizons et qui se déplaçaient si vite sur de si vastes étendues. Je ressens une gêne de pouvoir remuer devant eux. Ma présence, ou ma vie, me paraît une injure.

Mais ces yeux fixes ne nous distinguent peut-être pas vraiment. Nous sommes peut-être trop près d'eux. Le regard de ces pilotes était fait pour repérer le chasseur ennemi dans l'éclat du soleil où il se tenait à l'affût, pour distinguer à la surface de la mer le sillage d'un périscope, pour reconnaître de loin, vite venue, la cible sur le terrain. Notre proximité nous ôte peut-être de la précision.

Et puis, ces yeux étaient faits également pour regarder la mort. Nous sommes trop vivantes. Jamais je ne me suis sentie aussi indécente que devant ces visages. Le battement de mes paupières me semble un geste obscène.

- Olga ? Partons. Je voudrais m'en aller tout de suite.

- Qu'est-ce qui t'arrive ? Ça ne va pas ?

- Pas trop. Ça m'impressionne, ici…

- Ah ! moi aussi, chaque fois que je viens et que je le regarde, ça me rend triste.

- Non, tu ne comprends pas. C'est pire que ça. C'est dégoûtant de venir les observer comme on fait. Ça me révolte. On dirait deux filles pourries qui viennent provoquer des vieux, des…

Je n'ai pas osé dire : des morts. Il faut que Richepoux continue d'exister pour Olga.

- Viens, sortons. On a besoin d'air frais.

Nous retrouvons l'aire de stationnement. Un souffle nous saisit, nous arrache à nous-mêmes. C'est le souffle de Paris. Il vient de loin, de la mer, il a ricoché sur les falaises, il s'est chargé d'eau et d'un parfum de pré en courant les campagnes, il a survolé des jardins, des fruits et des rivières, il en rapporte des oiseaux, puis il a passé sur les banlieues qui commencent de loin, a dû en accepter des odeurs moins agréables mais humaines, et le voici, il arrive, fait de tout et de n'importe quoi, comme tout ce qui vit et qui change.

Olga me désigne les gros avions de guerre que le vent qui chasse nos idées lugubres ou nos sales pensées n'a pas jugé bon de balayer comme il enlève les mouettes.

- Non, ça ne me dit plus rien, maintenant.

- Qu'est-ce qu'on fait, alors ?

- Si on rentrait ?

Comme tout change vite, en effet, et comme tout revit en changeant ! Il y a un instant, j'étais mal, j'allais être malade. Un dégoût me livrait au désespoir, et puis là, soudain, dans ce grand vent qui nous chahute, loin des morts, de ces visages d'une jeunesse insupportablement macabre, je me sens mieux, quelque chose chante, une voix douce, séductrice, et je pense à Olga, à ces garçons qui doivent être encore à côté et que nous allons revoir, traverser… Oui, il y a ce plaisir, ce voyage d'un bout à l'autre du hall vitré, de cette sorte de serre où nous retrouverons une chaleur humaine un moment dispersée par l'idée de la mort, par l'injustice de notre présence au monde quand d'autres n'y sont plus.

Mais un regard d'Olga m'alarme :

- Tu as parlé de vieux…

Ce regard, le ton de sa voix, l'air qui lui vient, tout m'indique en Olga que le mot était malheureux. J'essaye de fuir par l'avant :

- Ben vi, ma grande, mais c'est surtout les dates qui le disent. Compare un peu : tous ceux qui vivent encore aujourd'hui sont forcément des hommes d'environ soixante et dix ans ou même plus.

- Je n'y avais jamais pensé.

Les yeux d'Olga me quittent, naviguent un moment au hasard puis se posent sur la réplique du Concorde qui pointe à notre droite et ma gaffe semble grandir lorsque j'entends Olga répéter :

- Non, je n'y avais jamais pensé.

Mais, en fille charitable, en bonne sœur qu'elle est, elle ajoute très vite :

- Mais, c'est de ma faute, tu sais. Ne va surtout pas croire que c'est toi qui me causes un chagrin. À force de ne penser à eux qu'à leur époque et par rapport à moi, à mon âge, je ne les ai jamais imaginés capables de vieillir. Vivants ou morts, ils restaient pour moi comme sur leurs photos, tu vois ? C'était bête...

Nous nous rapprochons de la porte du hall. Je ne me sens pas fière et compte beaucoup sur le petit voyage dans la serre pour oublier une gêne que les paroles généreuses d'Olga ont naturellement avivée. Avant d'entrer, de quitter le musée, Olga se retourne, regarde dans la direction des salles d'où nous venons et qui me paraissent tout à coup loin de nous dans le temps. Et, d'une voix unie, presque basse, où je crois deviner une résignation qui ne lui convient pas, Olga semble conclure :

- Alors, c'est tous des morts ou tous des vieux...

Je la pousse à l'intérieur. Nos admirateurs n'y sont plus. Ma déception est aiguë. Olga, elle, paraît ailleurs et ne remarque rien. Un seul bénévole est là, indifférent. Nous passons, nous sortons, nous voici dans un vide d'espace et d'émotion.

Un vide qui m'étourdit comme si je débouchais soudain sur ma dernière chance. Cette chance, tout me pousse à la saisir sans attendre, cette nouvelle frustration dans le hall déserté et, permanente, l'insuffisance inacceptée de la vie close où nous enferme la banlieue.

Je prends Olga par le bras, traverse la route vers le grand parking à étages qui nous fait face. Olga se réveille, me désigne la direction opposée :

- Dis, le bus, c'est par là... Où vas-tu ?

Sur le côté de ce parking, des escaliers en zigzag permettent aux piétons de monter par l'extérieur. C'est là que je veux aller pour m'isoler avec Olga, pour ne plus jamais rester seule. Des impatiences me prennent les muscles devant des images d'amour d'une tendresse et d'une précision qui me paraissent neuves et tout ce qui n'est pas physique en moi tremble et frémit comme ces images.

- Mais qu'est-ce qui te prends ? Tu crois que c'est l'endroit ?

Aucune accusation précise dans la bouche d'Olga. Elle ne condamne donc pas tout à fait ce que je viens d'entreprendre. Elle ne cherche pas non plus à se dégager, peut-être plus surprise que fâchée. Mais elle ne se livre pas vraiment, comme une fille s'abandonnerait dans un coin d'escalier au garçon qui lui plaît. C'est à la fois bon signe et peu encourageant. J'hésite, puis continue et je comprends soudain mieux que jamais Milan, Milan et l'aventure de ses mains, le pouvoir autonome qui semble les diriger et qui les pousse à toujours plus d'action.

Et voici ce que je cherchais, exactement ce que j'ai toujours attendu : ce qu'il y a de plus doux et de plus tendre au monde, l'élastique tiédeur d'un volume de sein. Et cette exactitude du réel par rapport à l'idée me trouble presque autant que le contact lui-même. Dans cette sorte de fidélité du vécu envers l'imaginaire, il y a un plaisir qui vaut déjà une caresse. La réalité pouvait donc être aussi bonne, aussi simple ? Aussi directe et suffisante ?

- Ragrafe-moi, Van-Van.

- Mais pourquoi ? C'est si bon, Olga ! Et j'en avais tellement envie, si tu savais !

- Je m'en doutais, figure-toi, malgré tes airs ailleurs. Mais lâche-moi, je te dis que ce n'est pas le moment.

- Non, je ne veux pas. J'ai trop attendu, je n'en pouvais plus, Olga !

- Rattache-le quand même ou sinon je serais très fâchée.

- Allons ailleurs, alors ! C'est vrai que c'est trop moche ici. Oh, oui ! Allons chez moi ! Viens, Olga ! Je veux qu'on s'aime, toutes les deux ! Viens vivre avec moi ! C'était fatal que ça arrive, c'est naturel ! Allez, viens !

- D'abord, tu me fais mal, enlève tes mains. Et puis remets tout en place. Et puis, c'est trop tard, tu ne vois pas, non ?

- Trop tard ? Mais maintenant que j'ai réussi à me décider, ma chérie, tout commence, au contraire ! On a toute la vie !

- Ah, pauvre crétine !... Oh ! Pardon, excuse-moi ! Je ne voulais pas te faire de peine mais c'est que tu ne comprends rien ! Rien du tout ! Tu ne vois pas que tout est foutu au contraire ? Que je me suis trompée ? Complètement ? C'est trop bête, tu sais ! Hé non, justement ! Tu ne sais pas, tu ne vois jamais rien quand ça crève les yeux ! Essaie, pourtant ! Ça me fait trop de peine !

À moi aussi, d'avoir à rajuster une lingerie qu'il m'avait paru d'abord si facile, si normal d'écarter...

- Mais qu'est-ce qui t'arrive, Olga, avec cet air de catastrophe ? Et qu'est-ce qui est foutu ? C'est parce que je t'ai un peu touché les nichons que tu dis ça et que tu fais cette tête ? Tu as dû en voir d'autres ?

- Vi, j'en ai vu d'autres et alors ? Ça n'a jamais beaucoup compté, ne va pas croire ! C'était de l'amour-bidet, de l'exercice et si ça m'amusait et même si je voulais en faire un record, c'est aussi autre chose, de bien plus important, que je voulais en même temps.

Un espoir console un instant mes mains vides. Olga parle-t-elle de nous ? De moi ? C'est d'elle et de sa propre solitude :

- Seulement, je viens de m'en rendre compte, là, dans ce musée, dans cette espèce de cimetière, je me suis trompée, il ne me reste plus personne, plus personne de vivant ou de jeune, je me retrouve d'un coup rien qu'avec des vieux ou des morts, des gâteux ou des squelettes… C'est horrible, je crois que j'ai tout raté !

Je sais désormais ce qu'il ne faut plus lui faire mais j'ignore encore ce qu'il faudrait lui dire et devant une Olga désemparée elle-même je reste donc stupide, bras ballants, inerte comme Milan l'a été une fois avec moi.

Mais je suis la fille de ma mère et si, pionnière à ma façon, je ne franchis pas les déserts, je sais d'une action l'autre traverser les chagrins. Un geste naît de moi. Mes mains remontent, retrouvent la compagne et dans ce mouvement qui ressemble au premier, tout me paraît pourtant si lumineux que je m'attends à voir Olga s'abandonner dans cette absolution qui me rassure mais ne m'enhardit pas.

Mes doigts posés à peine sur une poitrine qui, couverte, ne s'effarouche plus, je suis comme à la porte du temple, tremblant d'attente, prête à fuir, offerte et quémandeuse.

Il faut bien trouver quelque part où entrer dans quelque chose de plus grand, de meilleur et de plus propre que nous.

- Mais… et moi, Olga ? Je ne suis ni vieille ni morte et, tu as beau dire, je peux comprendre un tas de choses surtout quand elles te concernent. Comment peux-tu dire que tu te retrouves seule ?

Olga paraît sensible à ma nouvelle pureté. Elle m'adresse un sourire, pauvre peut-être, mais je me sens désormais riche pour deux, ses mains rejoignent les miennes, nos doigts se mêlent et je ne sais plus si ces mouvements cherchent à m'éloigner d'elle ou à se rapprocher de moi.

- Oh, bien sûr, Geor – Van-Van ! Bien sûr ! Tu aurais été la plus chic des frangines pour moi et tu restes ma seule vraie amie, seulement…

« Seulement »… ? Elle n'a donc rien compris ? Je n'en étais plus aux restrictions, moi.

- Quoi, « seulement », Olga? Tu joues à me faire peur?

- Tâche de comprendre au lieu de dire des bêtises. Ça serait tellement plus facile si tu pouvais m'aider de cette façon!

- Mais je ne demande que ça, tu le sais! Dis-moi, commande et je le ferai. J'en ai assez de faire le chef, ou semblant de l'être, ça ne m'amuse plus. Je veux obéir, au contraire. Donne un ordre et j'obéis, Olga. Commande, si tu m'aimes.

- Meunon, je ne veux pas te commander et tu n'as pas le droit de dire que je ne t'aimerais pas si je ne te demandais pas de faire des choses. Et je ne veux pas te faire peur non plus, seulement... Vi, là, puisque tu me forces : je crois que je vais tout laisser tomber...

- Tout?

- Vi, c'est raté. J'ai cru qu'on pouvait vivre comme j'ai essayé de le faire, dans le souvenir du courage passé. J'ai cru qu'il en restait assez pour s'en servir encore aujourd'hui, pour tenir le coup. Il y en a tant eu, du courage, pendant toute une époque! Ça me soutenait d'imaginer que j'étais dans ce mouvement, tu me comprends? J'avais besoin de croire que je n'étais pas toujours qu'à l'usine ou à la Courneuve. Et, même, si j'ai fait l'amour si souvent, c'était aussi à cause de ces idées, de ce besoin. En pleine action, je me disais : « Tu t'envoies en l'air, tu voles! » et cette façon d'en parler me faisait rire et, parfois, plus plaisir que le reste...

...C'était comme de l'aviation, je décollais, planais, piquais, avec de temps en temps, si le pilote était capable, de ces acrobaties...

...Mais j'étais folle et bête. L'aviation comme j'aime, c'est mort, c'est enterré et on n'en parle plus. Les musées ne montrent même pas les héros qui devraient être les plus célèbres. On ne peut donc pas faire sa vie sur des gens morts, des oubliés qui ne peuvent plus rien apporter à personne... Je me suis trompée! Le grand rêve, c'est fini. J'ai voulu m'encourager à vivre en m'aidant d'un cimetière. C'était fichu d'avance…

- Et moi, Olga, qu'est-ce que tu en fais ?

- Toi ? Ça me crève le cœur d'avoir à te le redire mais c'est trop tard, nous deux. Cent fois, j'en ai eu l'envie ou l'idée et chaque fois, on a manqué l'occasion, par ma faute ou à cause de toi… Je crois que ça m'aurait plu, pourtant, parce que tu es vraiment mon amie, tu sais… Mais maintenant, avec ce qui m'arrive, tu comprends bien que c'est raté aussi, ça ne se passera jamais…

- Jamais ?

Le lendemain, je devenais Madame Viziroglu, la femme de Milan. Je l'ai été toute une fin d'après-midi, toute l'éternité qu'a pu m'offrir l'apprenti-mage. Ça s'est fait simplement, comme c'est ordinaire et comme c'est magique. Le dieu est entré dans son temple. Les murs nus ont tremblé de bonheur. Le dieu a pris ma main et nous avons peint et gravé ces blancheurs frémissantes. Des flambeaux se sont allumés. Ils n'ont pas enfumé les plafonds, comme c'est extraordinaire et comme c'est magique. Dans leurs lumières, nous avons mis sur ces parois les images de la vie, signes de notre bonheur présent et de notre éternelle présence. Nous avons peint les canards et les oies, les bœufs et les poissons, les grains et les roseaux. Nous avons fait onduler les eaux du Nil et nager sous les barques de papyrus les lourds hippopotames. Et nous avons bleui tous les lotus qui se penchaient sur nous. Et c'est le jour suivant que je suis devenue veuve. Horus a pris son essor. Milan est parti le premier de nous tous. Le dieu avant l'humain.

- Ma fille ?

C'est la Voix. Son ton est plus navré que grondeur. Est-ce meilleur pour moi ?

- C'est pire que tout.

- Tu parles de moi, je présume ?

- J'avais déjà été obligée de blâmer certaines de tes paroles. Voilà que tu ajoutes maintenant la xénophobie et des mouvements de menton nettement cocardiers…

- Cocardiers ? C'est-à-dire ?

- C'est-à-dire que tu deviens de plus en plus française.

- Et c'est ça que tu trouves pire que tout ?

- Tu avoueras que ce n'est pas le meilleur côté des mangeurs de grenouilles. Passe encore que tu égratignes les Bataves, on l'a fait avant toi et tu as tes raisons. Mais les zoulous ? Les Cafres et les Bantous ? Et les Scandinaves qui ne ressemblent même pas aux Zoulous, aux Cafres et aux Bantous ? Et les Moujiks qui dansent comme personne devant le buffet vide ? Et ces pauvres Anglais eux-mêmes, tes cousins cependant ? Personne ne trouve donc grâce à tes yeux de francisée moqueuse ? Comme tous les Français et aussi stupidement qu'eux, tu es pleine d'une condescendance envers les étrangers qui est haïssable.

- Mais pas du tout ! Bien au contraire ! Je les aime, moi, les étrangers ! La preuve : quand j'en vois un, je le plains de tout mon cœur de l'être et de devoir le rester !

- Je n'aime pas non plus cette sorte de gouaille. Je préférerais que tu montres un humour plus conforme à nos propres traditions.

- En somme, c'est de trahison que tu m'accuses maintenant ? Mais il ne fallait pas me faire sur un îlot français, alors ! Il ne fallait pas me faire du tout !

Ça m'a échappé et ça devait arriver. Je supporte de moins en moins la déception violente qui gâche nos conversations. La Voix arrive, un élan me pousse et toujours ses reproches me glacent ou me révoltent.

Comme si elle n'avait rien entendu, la Voix continue :

- Penser que tu vas même t'en prendre à ces malheureux Indiens ou je ne sais trop qui qu'on voit arriver à Paris ! Tu n'épargnes donc personne ?

L'admiration me suffoque. Elle sait déjà ce que je n'ai pas encore dit ! Mais je suis encore un peu fâchée. J'évite donc de la féliciter et réponds seulement :

- J'aime les gens plus que moi, en tout cas.

Ce qui peut paraître une réponse insuffisante, j'en conviens.

J'attendais tout de même un mot d'encouragement, d'affection. Rien ne vient. Silence de fantôme. Je n'ai que ce que je mérite. Ce fantôme, c'est moi qui l'ai fait. Ce silence est mon œuvre.

Il se prolonge. Est-elle vraiment partie ? L'accablement qui suit d'habitude ces départs plombe déjà mon cœur. Mais non ! J'entends encore, de loin mais bien distincte, cette voix plus jeune que la mienne, cette voix de cadette qui m'invite au voyage : « Alors, si tu venais ? »

Au voyage ou peut-être au rachat.

Une musique s'élève. J'aime cette expression. On s'accroche aux notes et on monte avec elles. C'est agréable. Je me suis trop longtemps élevée toute seule.

Cette musique, c'est une cantate de J.-S. Bach. Son titre : « Herz und Mund und Tat und Leben ». J'ignore ce qu'il signifie mais je le trouve beau. Quelle idée magnifique de mettre une majuscule à la première lettre des mots ! C'est honorer les substantifs et, par eux, la matière. Ce disque, je l'ai reçu d'Armelle. Je l'écoute selon le besoin et le connais par cœur. Un passage en particulier me soulève, celui où une bonne femme se met à chanter comme j'aimerais vivre. On dirait qu'on regarde un jet d'eau jouer dans un bassin. Elle chante, il jaillit, l'eau et la voix semblent se libérer des lois de la physique et cependant ces fluides leur appartiennent puisqu'ils expriment, en leur obéissant, toute la liberté et toute la discipline d'une nature qui sait contrôler, donc avoir, ses caprices.

Colonne d'eau, accents humains qui montent puis s'abaissent, s'élèvent encore plus droit et plus vivement encore, qui se dépassent puis semblent s'effacer, sans faiblir, contenant sans cesse la force qui les anime dans le grave ou l'allègre, tantôt matière et tantôt âme.

On sonne. C'est Armelle. La très chère paraît défaite. Aura-t-elle encore voulu faire de la psychologie ?

- Bouhouhou… très chère, ça va mal ! Ça va même très mal !

Je sers le thé. Armelle ne le boit pas le petit doigt en l'air. Elle a d'autres élégances, plus intérieures, aussi visibles. En particulier, elle veille toujours avec le plus grand soin à l'ordonnance de son discours lorsqu'elle expose ses pensées. Le développement qu'elle en donne est toujours clair, complet et cohérent.

Toujours sauf aujourd'hui. L'histoire d'amour de la très chère tourne au drame, avec un côté napolitain dont le grotesque annule ce que la sympathie peut apporter à la tristesse de cet échec. Armelle a peur d'être enceinte des œuvres du vieil homme. Celui-ci, excédé par l'épithète sans doute, a décidé de partir pour l'étranger tandis que son mari, complaisant jusque-là, fait soudain du scandale, la menace de mort ou de suicide…

Toutes ces nouvelles, désolantes ou dérisoires, je les reçois en vrac d'une Armelle qui distingue mieux son chagrin véritable que le ridicule de ces fausses situations.

Par où commencer dans ce méli-mélo? Par ce qui me révolte, par le parfait petit salaud qu'est le mari d'Armelle. Petit dans tous les sens, dehors comme dedans, les épaules étroites, les lèvres minces, pincé du nez, coincé du cœur, serré des fesses et l'âme réduite à une fente : voilà l'homme. Longtemps plus trompeur que trompé, ce voyou en col blanc a pu se faire passer pour le jeune homme moderne, libéral et généreux qui, devenu mari, savait reconnaître, par amour de la liberté et par respect d'autrui, le droit de sa compagne de disposer d'elle-même, d'offrir son corps et quelques sentiments de circonstance à qui lui semblait bon pendant de longs week-ends.

Le bénéfice éventuel d'une réciprocité n'enlevait rien à ce qu'il y avait d'amoureux dans cette largeur de vue qui charmait encore plus, venant d'un étriqué. L'achat du grand quotidien du soir que ce mari adulte et responsable, moderne et conscient, rapportait du bureau plié sous son bras gauche complétait le tableau. Ainsi Armelle pouvait-elle papillonner d'un très cher à l'autre sans offenser un époux épris, donc ouvert aux droits de sa femme, un compagnon intelligent c'est-à-dire tolérant avant tout, un camarade soucieux de montrer à la société le meilleur des exemples, notamment lorsque c'est difficile.

Puis, le vieillard est entré dans leur vie. Le mari, toujours jeune, lui, toujours amoureux de sa femme et du progrès social, ne s'offusqua pas d'abord de cette nouvelle liaison. Elle avait l'avantage sur les autres de lui laisser sa femme les fins de semaine, le bienheureux sénile étant marié lui-même et ne pouvant se libérer ces jours-là.

Tout allait donc comme il convenait dans le monde que ce couple moderne et peut-être même motivé avait cru pouvoir se créer.

Et puis, brutalement, tout a changé. Un écroulement a ruiné d'un coup la construction commode dans laquelle ils vivaient ainsi, sûrs d'eux, fiers de leurs conquêtes morales et plutôt méprisants envers le reste de l'humanité, en dépit ou à cause de la générosité qu'ils savaient se montrer l'un à l'autre. Armelle est tombée amoureuse du vieux. Le mari l'a compris. Il s'est révolté. Ce n'était plus un jeu. Ainsi bute et sombre l'esprit. On touche au cœur, sa garde tombe.

Quand le gringalet aux vastes théories s'est aperçu qu'Armelle ne se livrait plus seulement à des exercices physiques, qu'elle ne cherchait plus seulement à démontrer des principes auxquels il était plus attaché qu'elle-même, cet homme froid a perdu le nord, le camarade a vraiment vu rouge pour la première fois, le généreux a montré les limites de son désintéressement.

Incapable de supporter l'idée d'un rival véritable et d'un rival âgé, ce jeune doctrinaire de la liberté du corps et de l'esprit des autres a oublié en même temps son intelligence, le respect qu'il prônait et sa propre dignité. Racontées par sa femme, les scènes qui ont suivi la découverte de son infortune ont été violentes et tragiques. Je dirais, moi, sordides et d'un bouffon impardonnable.

D'abord, le jaloux s'est jeté sur la coupable. Il voulait l'étrangler. Armelle a échappé à la mort de justesse. Grâce à sa propre minceur, elle a pu se glisser hors d'atteinte du justicier aux maigres doigts d'acier.

Ensuite, pleurant, hurlant, bavant, le forcené s'est rué dans l'escalier, cherchant une fenêtre d'où se précipiter, ne la trouvant pas à cause des larmes et de la rage qui l'aveuglaient, et d'autant plus furieux. Armelle ne le précise pas mais j'imagine volontiers ce ouistiti détraqué suspendu d'une main au lustre du couloir et essayant d'expulser de ses poumons chétifs le cri que les grands singes mâles poussent pour effrayer leurs adversaires.

A-t-il fini par tomber sur son coccyx, ce vilain coucou? A-t-il reçu le lustre sur le crâne? Son œil injecté a-t-il aperçu son journal, vision propre à lui rendre son sérieux? Toujours est-il que l'animal s'est calmé. Armelle en a profité pour le conduire chez le psychiatre. C'est moderne et légitime. Qu'on soit cocu, qu'on se prenne pour quelqu'un de très bien ou qu'on se conduise en petite bête hystérique, il faut aller chez le psychiatre.

Là, comme il n'a mordu personne, on l'a jugé normal, éprouvé mais normal. Rentré chez eux, il a donc possédé Armelle avec passion, fougueusement, comme c'est naturel. Ensuite, en pleine nuit, ils ont appelé le vieillard au téléphone et c'est moins naturel.

Si je dis « ils », c'est que je crois plus conforme à la vérité d'associer Armelle à ce geste, bien qu'elle s'en défende. Elle n'a pu rien faire, proteste-t-elle, absolument rien pour empêcher son mari, insuffisamment calmé sans doute, d'exécuter ce mauvais coup.

Rien ? Elle était là, pourtant, présente et proche, accablée d'émotions, crevée d'amour, certes, mais encore tout à fait capable de poser deux doigts légers sur les contacts de l'appareil. Un seul aurait suffi.

Bref, sonnerie chez l'ancêtre qui dormait déjà depuis longtemps comme un bienheureux et qui cesse de l'être aussitôt. « Monsieur – entend-il lui dire une voix sèche et fluette qu'il reconnaît à ces deux qualités – Monsieur, vous êtes vieux ! »

Dur réveil. Atteint par l'intention parfaitement cruelle, le pâteux vieillard ne trouve rien de mieux à dire que ceci, avant de raccrocher : « On en reparlera plus tard, voulez-vous ? Ce n'est pas le moment… »

Comme si c'était jamais le moment de vieillir !

Fin de l'épisode. Et moralité que je découvre : il n'y a pas de cocu intelligent, pas de cocu de gauche. Il n'y a que la vie, la vie et ses réflexes, la vie qui veut durer, donc vaincre et qui riposte, sereine ou révoltée mais toujours immédiate, la vie avant les mots. Si tu me piques, je saigne et je fonds si tu m'aimes.

On ne peut donc guère reprocher à un homme de ne réagir qu'en homme aux coups reçus. Sans doute, le vieillard a-t-il pardonné l'injure, suffisamment vengé d'avoir pris la mesure véritable de son auteur, de ce petit monsieur.

Mais l'inexcusable, c'est l'imposture. Le petit monsieur aura trompé tout le monde, le vieillard qui pouvait l'estimer indifférent, Armelle qui pouvait le croire indulgent sinon favorable, lui-même qui se jugeait à l'opposé de sa nature véritable. La révélation de cette nature a fait éclater la bulle de savon. Rien n'est resté de cette belle figure d'homme promise par un jeune bourgeois instruit et bien élevé, libéral et lucide, dont on pouvait attendre plus de tenue et de modération, plus de fidélité envers les convictions qu'il se flattait d'avoir. Un moment de vérité a détruit le mensonge et il l'a détruit entièrement parce que ce mensonge était complet.

J'espère que dans la folie qui a saisi ce minus une part venait de tout ce qu'il découvrait d'insupportable dans sa propre supercherie. Je n'aime pas qu'on échappe à ses fautes et pour moi l'imposture est peut-être le plus grave des outrages entre contemporains.

Il ne m'est pas possible, naturellement, de me présenter comme un modèle de vertu et je ne critiquerai donc personne dans l'oubli d'une morale que je suis la première à négliger quand il s'agit de sexe. Du moins, je n'ai jamais voulu tromper personne sur mon compte ni chercher à m'abuser moi-même. Coupable je suis et coupable je reste depuis vraiment le premier jour et je finirai bien par trouver la punition voulue, plus dure et plus durable que ces pénitences improvisées qu'apporte l'occasion et qui passent avec elle.

Mais le mensonge, non. C'est trop odieux, trop cruel, trop facile d'induire le monde en erreur au nom de l'autre vie ou simplement du lendemain et de toutes ces chansons. C'est trop commode, trop méprisant de se donner ainsi le beau rôle et à si peu de frais. Les sauveurs, les purs, les bouches distributrices de conseils au nom de grands principes, tous mentent et tous se trompent eux-mêmes. Je les hais. Que reste-t-il de leur jactance, de leur intolérable suffisance au moment de l'épreuve ? Des débris de baudruche, des bouts du papier doré dont étaient faites les auréoles de ces fantoches qui rendent la chute des autres plus douloureuse en leur ayant fait croire qu'ils s'élevaient avec eux.

Armelle et son vieux ont souffert eux aussi de ces mascarades. Ils en ont souffert beaucoup trop si on considère la façon dont chacun a voulu guérir la plaie ouverte par le petit bluffeur aux cols immaculés.

Si je n'ai aucun doute sur la véritable valeur de ce macaque, je n'ai jamais bien su, en revanche, ce qu'il fallait penser de l'amant bienheureux. J'ai parlé de lui sur le ton moqueur mais toujours, il me semble, avec cordialité. Le grand âge prêté à cet inconnu m'inspirait de la sympathie mais c'était plus encore du respect et de l'admiration, que j'éprouvais pour l'homme capable de supporter d'être aimé par Armelle. Amour difficile, celui qu'on reçoit des ricochets d'un cœur trop épris d'analyse et qui fragmente et éloigne les simples évidences par le jeu de renvoi de ses observations. Amour sincère mais qui monte à la tête et en revient bavard, chargé de plus d'explications qu'il n'en faut pour agir et de plus de commentaires que n'en veut l'acte accompli.

Comme tous ceux qui jouissent à la fois de l'agilité de l'esprit et de celle de la langue, Armelle souffrait d'une incontinence de la conscience et tout le monde en pâtissait. Chez elle, le jugement ne succédait pas au fait, il l'accompagnait comme une ombre et cette ombre grandissait avec les mots, faisait oublier l'événement qu'elle éclipsait à la « lumière » de ses explications. L'amour qu'Armelle projetait sur le vieillard se manifestait donc à chaque instant de leur réunion par un instant de conscience et par un flot de phrases. C'est pourquoi j'admirais ce vieux, capable de tant de résistance. Cependant, il avait un autre mérite à mes yeux. Il savait écouter sans exaspération apparente Armelle lui rappeler sans cesse son âge et la différence qu'il présentait avec le sien. Armelle n'a jamais omis de mentionner cet âge ni de commenter cette différence. Ainsi, devant une intellectuelle frémissante de lucidité et cependant aveugle, un homme portait comme une faute des années qu'il aurait oubliées avec une autre femme plus clairvoyante et donc moins sûre d'avoir à dire toutes les évidences.

Une fois, pourtant, Armelle l'a reconnu, le vieillard a protesté, poliment : « Vous pourriez peut-être en parler moins souvent ? » Et elle, alors, tout étonnée de voir qu'il ne comprenait pas, toute innocente et les yeux ronds et brillants : « Mais il faut que je vous en parle, au contraire, très cher ! Vous ne vous rendez pas compte ! C'est très important pour moi, vous êtes tellement plus âgé ! »

Il avait certainement ses raisons pour endurer cette insistance et ce qu'elle indiquait mais j'y vois du mérite. Du mérite ici mais moins de gloire ailleurs. Cet homme qu'on présentait si vieux et qui n'avait peut-être pas cinquante ans était sans erreur possible un mari qui trompait sa femme. Lui ayant tout caché d'Armelle, il montrait dans ce mensonge une faiblesse qui ne force pas le respect.

Et puis, pourquoi partait-il? Voulait-il vraiment lâcher Armelle dans un moment délicat ou bien son projet de tout quitter était-il déjà arrêté avant qu'on craigne une grossesse? C'est difficile à dire. Tout ce qu'on sait, en fin de compte, c'est qu'il est parti, que ce soit comme un fuyard ou comme un homme libre. Il est allé vivre loin de Paris, de l'Europe, de tout. Il est allé travailler pour la France, ou pour les Papous ou pour les sous. Comment le savoir? Armelle n'est plus là pour trier dans les raisons des cœurs.

Son corps est allé au-devant de toutes les raisons qui éclairent nos vies sans toujours les aider et de tous les mystères qui versent sur elles une ombre charitable. La mort constitue peut-être la plus logique, la plus complète des recherches auxquelles puisse se livrer un amateur de psychologie, son coup de maître. Par la mort, on accède peut-être au grand pourquoi des choses et à cette légitimité qu'il y aurait dans notre obstination à vouloir d'abord vivre. Passer de la vie à un autre mode d'existence serait donc embrasser l'intégralité du réel au moment même où disparaît avec notre conscience sa phase la plus ingrate qui nous semblait pourtant si chère.

Marie-Rose mâche encore des gommes mais ne rumine plus son impuissance. Elle a pris une décision, sa route est tracée. Elle va rejoindre l'être, la créature.

- Alors, ça y est, tu es bien décidée ?

- Vi, je fiche le camp.

- Et où ça, au juste ?

- À Java.

- Ah ? Elle y est toujours ? Je croyais qu'il ne restait jamais très longtemps au même endroit ?

- Vi, c'est drôle... Mais c'est bon signe, non ?

- Oh, je crois, vi ! Alors, tu laisses tout tomber ?

- Et comment !

- Et le parti ?

Marie-Rose retrouve un slogan. Ce n'est pas le pire : « Le communisme est la jeunesse du monde ». Puis, elle ajoute : « Mais moi, je me suis faite trop vieille ici, tu piges ? »

Bon vent, mouette. Faufile-toi entre les fuseaux qui découpent le globe et décalent les heures mais laissent la vie humaine, obscure ou lumineuse, tout à ses battements. Entre dans cette vie fragmentée, globale pourtant, toujours simultanée, où le jour a commencé pour d'autres quand tu es dans ta nuit, où la nuit les recouvre quand tu voles au soleil, cette vie planétaire qui veut ainsi que le réel existe avant de naître et cesse sans avoir disparu...

Je rêvais, j'étais dans les nuages qui relient les étoiles. Un bruit de crachat me réveille. Marie-Rose me regarde, rosit, baisse les yeux :

- Van-Van, si tu veux me dire adieu...

- Van-Van, j'ai quelque chose à t'apprendre.

Nous étions chez Renate. La belle jeune fille ne jouait pas de l'accordéon. L'instrument pendait au mur. Lourd comme il était, il fallait que la cheville ait été rudement bien fixée.

- Ça y est. J'y suis arrivée. C'est venu comme ça.

Cet air si calme, cette voix si neutre, ces mots si ordinaires, cette modestie même, tout ne pouvait m'annoncer en Renate qu'une victoire fracassante. J'imaginai facilement laquelle.

Voyant que j'avais deviné, Renate n'ajouta rien, me laissa élégamment apprécier ce qui n'était de ma part qu'un succès sans mérite.

À moi donc de répondre :

- Alors, c'est vrai ? Maintenant, tu le parles ?

- Vi ! C'est arrivé tout seul.

- Je suis si contente, Renate, si tu savais !

- Je le sais puisque tu me le dis et que je te crois.

- Mais qu'est-ce que tu vas faire, alors ? Ça change quelque chose ?

- Si ça change ? Je veux ! Je rentre, tout simplement.

- Tu veux dire que tu vas aller t'installer en Allemagne, c'est bien ça ?

- Vi, j'y aurai tellement de choses à faire, Van-Van ! Des choses intéressantes ! Utiles !

Cette fille n'avait jamais mis les pieds dans le pays de son grand-père. Elle choisissait pourtant d'employer ce terme de « rentrer », proprement inexact et qui disait pourtant toute une vérité. Il y a des mots qui indiquent beaucoup plus qu'eux-mêmes.

- Alors, tu t'en vas vraiment…

- Mais tu viens de me dire que ça te faisait plaisir?

- Que tu puisses enfin le parler, vi, mais…

- Merci pour tout, Van-Van ! Je suis comme le myosotis ! Je ne t'oublierai jamais et toi non plus, pas vrai? Alors, merci, oui, merci, la Hollande !

- Renate ! Ne m'appelle pas comme ça, s'il te plaît ! Et surtout quand tu pars !

- Mais pourquoi ? On va être plus que jamais voisines, maintenant, toi et moi !

- Et si, moi, je disais « la petite boche » en parlant de toi aux autres, ça te ferait plaisir?

Comme d'habitude, Renate baissa ses yeux. Dans ce geste pudique mille fois observé, je ne vis pourtant plus le souci de nous cacher ce qu'il y avait d'attristant dans la fausseté du pétillement que lui imposait la nature et que rien dans sa vie ne pouvait justifier.

Cette fois, c'était tout le contraire. Renate cherchait maintenant à m'épargner le spectacle, et la peine nouvelle qu'il pouvait m'apporter, d'une gaieté devenue véritable, d'une joie personnelle et à jamais fondée.

Nous constatons parfois ainsi chez les autres des bonheurs d'une évidence et d'une ampleur telles que nous comprenons tout de suite une chose au moins – qu'il sera inutile de chercher à savoir d'où ils leur viennent et pour quelles raisons.

Ces gens exposent alors un air d'enchantement si complet et si définitif que, ni jaloux ni sceptiques, nous ne pouvons que nous réjouir avec eux et pour eux car il a toujours été plus naturel, et plus facile aussi, de partager des joies visibles que fouiller seul dans les obscurités. Après tant d'efforts et d'échecs, comment Renate avait-elle pu, soudain et d'un seul coup, se mettre à parler dans une langue restée jusque-là inaccessible, pourquoi semblait-elle vouloir voir une identification d'ordre moral dans une conquête d'abord uniquement physique et en tirait-elle sans attendre quelles conséquences peut-être radicales, ce n'était donc pas moi, troublée par la nouvelle, perdant Renate et contente pour elle, qui allais me mêler de ce démêlement.

- Donc, tu t'en vas vraiment, c'est décidé…

- Jawohl ! Je suis sûre que tu comprends que c'est le mieux pour moi – Für Deutschland aussi.

- Oui… Oui… Renate, mais…

- Aber wass ? Berlin bleibt Berlin !

M'Bo s'en va aussi. Il quitte la banlieue, la France, l'Europe. Il rejoint les siens dans son pays. Il n'y sera ni fonctionnaire ni quelqu'un. S'il retourne en Afrique, c'est, croit-il, pour y être mangé. L'école a fait de lui le plus instruit du clan auquel il appartient. Ils le rappellent donc à eux. Pour absorber sa science, il faut qu'ils le consomment.

Achevé, M'Bo retourne donc aux origines pour y devenir source. II y retourne en avion à réaction, dans ce que la technologie humaine présente de plus avancé. Ainsi une boucle est bouclée, dans le progrès des sciences exactes et malgré elles. L'évolution humaine a donc apparemment tout changé en nous à l'exception de nos besoins fondamentaux. L'homme de chair et d'esprit reste une faim de viande et de savoir.

Il allait, pensait-il, à la mort. Je ne le voulais pas. J'ai essayé de le retenir. Il est parti quand même. Je me rappelle ses dernières paroles : « C'est drôle, m'a-t-il dit sans sourire et en m'envoyant la fumée de sa cigarette dans l'œil et un peu de cendre sur le sein, je m'étais toujours figuré que tu n'aimais pas les Noirs… »

- Bachir, tu t'en vas vraiment aussi ?
- Oui.

- Mais pourquoi ?
- Ils donnent un million.
- Vi mais… après ?
- Après ? S't'blague, je reviens !

Mohand, lui, regagne la Kabylie. Regagner est le mot. Mohand part à la reconquête de son propre pays. Les Arabes, dit-il, veulent coloniser les Berbères, leur imposer leur langue. Ils font, dit-il, des misères à ses petites sœurs à l'école. Vieille pratique aussi. On crie au tyran, on se bat contre lui, on en triomphe puis on tyrannise à son tour et d'autres cris s'élèvent.

- Il faut que j'y aille, Lalla. Tu sais, les Arabes, ils ne peuvent pas comprendre quand nous parlons Kabyle mais nous, oui, nous comprenons tout ce qu'ils disent.

- Tu les aimes, tes sœurs. Et moi, Mohand ?

- Tu es comme ma sœur. Si on t'ennuie, j'arrive. Si on t'attaque, je fonce.

- C'est gentil mais, tu vois, personne ne cherche à m'ennuyer, personne ne m'attaque…

Son regard me traverse comme une lumière traverse une vitre ou comme la musique, l'air. Mohand n'est déjà plus ici. Il vole avec les jean-le-blanc, il court avec les écoliers de grande Kabylie qui criaient si gaiement en dévalant les pentes : « Il faut tuer tous les Arabes ! »

- Dis, Mohand, qu'est-ce que ça voulait dire « Lalla » ?

- Mademoiselle.

Berbères vivront ! Oui, mais il ne faut tuer personne et moi, j'ai tué les enfants que j'aurais pu avoir.

Olga s'en va. Olga me quitte et s'en explique. « Tu comprends – me dit-elle – j'en avais assez, des hommes ».

Je ne comprends pas mais j'entends. Elle renonce à un amour dont il faut toujours finir par se laver. « On a beau jouir – dit-elle – on se retrouve finalement toujours aux toilettes à tourner des robinets... » Elle parle donc de couvent et de Dieu, grand amoureux qui ne souille ni ne faiblit jamais et qui ne vieillit pas :

- Non, vraiment, j'en avais marre. Vers la fin, ça me rasait même complètement, j'avais des distractions, je jouissais à contretemps, trop tôt ou trop tard ou même pas du tout... C'était comme si j'avais sorti le train d'atterrissage en plein vol ou coupé les gaz en montée... des erreurs de manœuvres incroyables, tu vois... Je pensais trop à autre chose...

- Si seulement tu avais voulu essayer les filles, moi, au lieu d'aller te mettre chaque fois avec n'importe qui, tout aurait pu changer ! On se serait mariées ou quasiment.

- Et quels enfants on aurait eus ? Ceux du voisin ? Et arrête de pleurer. Je t'ai déjà dit que ça me coupait tout.

- Et si je le faisais le reste de ma vie, alors ?

- Meunon, c'est du cinéma, ça. Et puis, tu crois vraiment qu'on vivra si longtemps ?

- Embrasse-moi, alors !

- Non, non, Van-Van, ne me tente pas ! Je sais comment tu fais, et ce ne serait pas bien parce que j'en aurais tout le temps le souvenir après et que ça me troublerait. Tu imagines le pilote d'un super-jet qui aurait sans arrêt dans la tête l'image d'une fille nue qui lui ferait des signes ? Il lui arriverait des bricoles !

- Mais, super conne toi-même ! Tu ne vois pas que tu ne vas rien piloter du tout là où tu veux aller ? Tout ce que tu auras le droit de faire, c'est de chanter sur la pointe des pieds et de tourner autour de colonnettes !

- Ne fais donc pas semblant d'être méchante, Van-Van, ça ne te va pas bien. Moi, ce n'est pas comme ça que j'imagine le couvent. C'est plutôt comme un genre d'aéroport, tu vois, avec plein de gens qui vont, qui viennent et qui ont tous, pour une fois, le même but : s'élever dans les airs, ne plus être sur terre… Ils vont, ils viennent, ils déambulent et tous ont un air qui n'est déjà plus tout à fait naturel, je ne dis pas surnaturel, remarque, mais c'est comme s'ils étaient déjà dans les nuages, au-dessus des nuages, face à d'autres choses auxquelles on sent bien qu'ils pensent en poussant leur chariot, en postant leurs cartes, en regardant partout… Quelque chose va leur arriver, quelque chose les attend et ils seront tout seuls et ils le savent, ils s'y préparent, discrètement, visiblement…

- Et Dieu, qu'est-ce qu'il devient dans ce bazar ?

- Oh, Lui ? C'est forcément le copilote à mon avis, celui qui vole à côté de toi pour t'aider au besoin et qu'il ne faut pas appeler au secours car, sinon, comment on serait libres ? Et méritants ? Il est là et tu sais qu'il est là, et tu fais attention de ne rien avoir à lui demander. Et ça doit drôlement bien aider, je crois ! On pilote tout seul, seul responsable et il est là, tout à côté et tout le temps et qu'est-ce qu'il peut faire quand on a réussi tout le voyage sans avoir eu besoin de lui, s'il est loyal et juste ? Il ne peut que sourire à son tour…

Je me tais, pas du tout souriante, atterrée au contraire. Olga le voit, tente autre chose, notre dernière chance, nous qui avons si bien réussi à nous manquer tout le temps sans l'aide de quiconque :

- J'ai une idée ! Viens avec nous ! Pourquoi pas ? Même si tu ne crois pas, ce n'est pas un crime ! Ça risque de venir ! Il doit y en avoir d'autres, de ces passagers en transit qu'un premier vol n'a pas bien convaincus et à qui le goût vient peu à peu ! Et on serait si marrantes, en attendant, toutes les deux dans ces longues robes qui nous feraient encore plus grandes !

- Non, il faut que je fasse quelque chose d'autre.

- La pute ?

- Non, ça, c'est quasiment fait, déjà. J'ai moi aussi couché avec un tas de types et plus que tu crois, peut-être…

- Oh, je m'en suis toujours douté ! Mais maintenant ? Ça ne peut pas te plaire tout le temps, tout de même ?

- Maintenant, c'est fini. Interdit. Plus de grossesse et surtout plus d'avortement. Sinon, j'y passe. On me l'a dit. J'ai failli y rester.

- Alors, viens ! Tu ne risques rien avec nous, justement !

- C'est comme ça que tu vois la vie des religieuses, toi ?

- Oh, quelques trous d'air, quelques vertiges en passant, ce n'est vraiment pas grave ! C'est dans tous les voyages ! Alors, tu penses, celui-là ! Et puis, ces filles, c'est des filles de Dieu, comme moi, et pourquoi des filles de Dieu n'auraient pas de longues jambes et de belles poitrines ? C'est ça, au contraire, les créatures ! Ou sinon, pourquoi les créer ?

- Oh, ferme-la, Olga ! Ferme-la ! Tu es là, tu pérores, tu plaisantes, tu jubiles, on dirait ! Tu t'y crois déjà ! Mais moi, est-ce que tu te demandes ce que je vais devenir ? Est-ce que tu t'es jamais vraiment inquiétée de savoir à quel point je t'aimais ? Comme je t'ai aimée, pourtant ! Comme je t'ai voulue ! Je peux te le dire maintenant. Comme j'ai attendu que tu me désires ! Mais j'ai trouvé cette envie si envahissante, si réelle que j'ai toujours essayé d'escamoter tout ce que je te disais et me disais de toi, pour la réduire… Tu n'as donc pas su, pas assez su, finalement ! J'ai trop éliminé, gommé, fermé ma grande bouche… Ça m'apprendra à vouloir glisser à l'anglaise…

C'était passer à côté, tout rater… Je t'ai ratée, Olga, et je crois que je ne m'en consolerai pas.

- Tu t'es montrée capable de beaucoup d'amour avec moi, Van-Van, alors tu trouveras sûrement quelque chose de mieux à aimer davantage.

- Ton copain copilote ?

- Ou l'avion lui-même, je veux dire ta vie. Allez, il faut que je m'en aille. Adieu, Georgia van Caemerbeke.

Olga s'éloigne de sa foulée de grande femme qu'elle aura du mal à transformer en trottinement de nonne. Puis elle s'arrête, se retourne et me regarde avec des yeux brillants :

- Tu te rappelles quand je t'appelais Georges pour te faire râler ?

- Ça me faisait plaisir.

Ils sont partis. J'ai cru parfois que nous étions sur le même navire et ce sentiment me réconfortait. Pourtant, c'est finalement dans sa propre chaloupe que chacun a cru pouvoir prendre la fuite.

C'est sans doute Milan Viziroglu qui a réussi le plus joli coup en se volatilisant, avec ce que ce phénomène évoque d'aérien, de gracieux, de définitivement hors d'atteinte. Sous une forme ou l'autre, il est retourné aux éléments, il est dans les détails. Il faudra que j'apprenne à les aimer. J'essaierai de mieux regarder les choses, d'écouter les gens avec plus d'attention. Je finirai peut-être ainsi par retrouver le petit mage quelque part dans le monde, quelque part en Égypte.

Je le devinerai dans les dessins d'une tombe, au flanc d'un obélisque. Il sera le petit souffle qui traverse soudain la quiétude de l'air, la volée de poussière que soulève un moineau, la buée aux naseaux d'un buffle dans le Nil. Et la nuit, à Karnak, où des lèvres de pierre continuent d'annoncer des sourires géants, il sera la lumière qui isole une colonne parmi cent autres fûts et fait surgir du noir l'ocre épanouissement d'un chapiteau campaniforme.

Ce qui signifie que je ne reverrai plus Mini-Vizir. Armelle Houssard, personne ne la reverra non plus. Trompée par l'un, abandonnée par l'autre, surtout trahie par une intelligence qui n'était pas celle de la vie, Armelle s'est jetée dans la Seine. Je me rappelle où j'en étais restée. J'écoute Bach. On sonne. C'est elle. J'arrête le disque. Le jet d'eau s'affaisse sur lui-même. Son énergie me quitte. Nous nous laissons aller dans les fauteuils et Armelle s'abandonne, abondamment.

Et plus elle parle, plus je regrette d'être privée de la voix qui chante comme j'aimerais vivre. Et plus ce regret m'éloigne d'un bavardage que je n'écoute plus. De quoi parle-t-elle là, pourtant, tout à coup ? Quel mot Armelle vient-elle de prononcer, de répéter comme à plaisir ? Suicide ? Va, va, pauvre esprit depuis toujours submergé, si tu veux enfin trouver le silence, qui t'en empêche ? Si nous devons le respect à tous, c'est à chacun comme le demande sa nature. Prendre au mot un bavard, c'est l'honorer selon ses préférences. C'est saluer ce qu'il respecte le plus lui-même dans toute sa personne.

Je n'ai donc rien répondu. Je n'ai pas cherché à dissuader Armelle. Je l'aurais essayé, pourtant, bien qu'il faille laisser les gens faire ce qu'ils ont décidé. Malgré ce grand principe, j'aurais essayé d'intervenir mais un autre mot est venu aux lèvres d'Armelle, un autre mot plus détestable et que caressait la même complaisance. Non, elle n'aurait pas dû me parler aussi de son idée d'avortement.

Onde ou reflet, souffle ou lumière, Milan Viziroglu appartient désormais à la matière éparse. M'Bo, lui, dépecé puis mastiqué, sera peut-être devenu savoir. Mais les braves gens qui se seront partagé sa cervelle, son foie et ses rognons, qu'auront-ils vraiment appris ? Que savait-il de si précieux, notre étudiant d'Afrique ? Que nous finissons tous par échouer, Blancs, Noirs, Jaunes, Verts ou Bleu marine ? Ensemble ou isolés ? Et que le modèle occidental n'est qu'une féerie qui éblouit de loin ?

Ce n'étaient pas des secrets qui justifiaient le sacrifice d'une vie, d'un jeune pour des vieux. M'Bo vibrait, frémissait tout le temps. Il levait le poing, condamnait le monde des nantis, coupables du passé devenus fautifs en permanence, consentants ou commodes. Mais c'était de peur qu'il tremblait, et pour lui-même plus que d'indignation devant le mal du monde. D'une peur physique où il était tout seul, sans dogme ni chapelle. Sa chair se révoltait moins d'être noire que de paraître comestible.

Marine Nacion, elle, a choisi l'enfoncement, le fin fond des retraites, l'extrémité mouvante des mondes sous-marins où le plaisir prend la densité, et la solitude la dureté, d'une bille de nacre enfouie au creux de chairs molles. Bien que notoirement fille publique, elle ne sera sans doute jamais tout à fait Nation-Nalle. Elle cherchait un seul homme, un seul nom. Elle aura tous les équipages dans l'anonymat.

Et Marie-Rose Bruschwalsky rencontrera son être, sa créature. Faut-il vraiment le leur souhaiter ? Est-il nécessaire qu'ils aient, une heure après leur réunion, le sentiment d'avoir déjà tout dit, tout accompli ?

Et Renate Forma, dont les lèvres se sont descellées dès qu'elle a su ce qu'elle devait faire. En s'en allant, la benjamine a emporté la part la plus jeune de mon cœur, celle qui se révolte encore devant les partis pris. Car il y aurait toute l'injustice du monde à oublier une seule des injustices actuelles.

Et Olga, qui voulait tous les hommes et dont la sensualité n'a retenu que Dieu.

Il n'y a donc plus pour l'instant que Li-Masson et moi. Lui, c'est définitif. La bonne conscience a quelque chose de collant qui fixe sur place celui qui en jouit. Li-Masson restera à Paris.

Parfois, dans un éclair de lucidité, comme il est écrit dans les romans qu'il n'a pas dû juger chaotiques, je me suis demandé s'il n'avait pas raison. Accepter est la solution de tous les problèmes, dans l'immédiat par la résignation ou plus lentement, quand nous avons appris à consentir à nos propres refus.

Accepter pleinement l'obligation de condamner un monde trop souvent irrecevable est une autre façon de trouver l'équilibre, l'épanouissement. On voit des hommes dont les « Non ! » ou les « Non, non et non ! » resplendissent de santé et leur apportent des assurances, la sérénité, une cour, une gloire. Mais je n'étais pas faite pour jeter l'anathème. Chaque mal blesse donc doublement.

Je m'en irai moi aussi dès que j'aurai réuni la somme nécessaire. Je quitterai ma case. Les nouveaux arrivants attendent, déjà nombreux en banlieue nord. Ils ont un point rouge peint au milieu du front.

Je l'ai. Je m'en vais donc aussi. Je pars pour les îles, comme une Parisienne en vacances. Je m'arrêterai d'abord aux Marquises. Je veux voir la tombe d'Hilary Lassiter, de ma drôle de mère avec son drôle de prénom. Ce n'est pas que je croie au recueillement sur place. Je n'ai jamais eu besoin d'une pierre tombale pour penser à ma mère. J'ai toujours pensé à elle partout où je me suis trouvée, parce qu'elle m'a manqué partout et tout le temps, même dans le métro de Paris quand j'admirais avec les hommes les genoux d'Olga et qu'une exultation me prenait qui me rendait moins triste, moins coupable.

Ce que je veux faire dans ces îles, c'est vérifier l'état matériel des choses, voir comment tient cette pierre, si elle est encore intacte et si le nom et les dates qu'on a dû y inscrire sont bien encore lisibles. Soucis de ménagère. C'est mon côté hollandais, « Van-Van » comme disaient ces jeunes, mes amis. J'ai réussi à tout éliminer de mon père sauf ce genre d'exigences.

Ensuite, l'Australie, le retour aux sources, même si elles sont taries. Parce que ma mère a cessé de vivre jeune, l'Australie reste pour moi un continent bloqué dès son enfance, fini à peine né. On dit d'ailleurs que c'est dans cette partie du monde que se trouvent les espèces vivantes les moins changées du globe, celles qui n'ont pas pu évoluer, c'est-à-dire vieillir, faute des transformations qu'entraînent les contacts extérieurs. Hilary Lassiter appartenait peut-être à ces espèces pour lesquelles mourir à vingt ans ou vivre des millions d'années revient en somme au même et sa disparition ne serait alors qu'un accident naturel qui ne m'incriminerait pas.

Je verrai bien. Oui, je reverrai ce continent et je suis sûre de le reconnaître sans l'avoir jamais aperçu. Au moment où la jeune Hilary, épouse Van Caemerbeke, le quittait, je n'avais certes pas encore des yeux capables de me le montrer mais l'heureux bébé que j'étais se trouvait pourtant bien en Australie puisqu'il se trouvait à son aise dans une Australienne. Et s'il est vrai qu'un fœtus apprend tout peu à peu de sa mère, qu'il finit par connaître comme sa poche, si je puis dire, celle qui le trimballe, il doit aussi avoir une idée du pays qui la porte elle-même.

Je reconnaîtrai donc cette terre inconnue et il sera temps que je reconnaisse quelque chose car je n'ai vraiment rien pu admettre jusqu'ici, ni l'injustice ni la résignation, ni moi, en fin de compte, qui assiste à ces fautes et m'en rends malheureuse.

L'Australie, le désert australien, cette forme naturelle de l'inexistence.

FIN